KB116210

한 방랑자의 시시한 여행

그리고 그 소소한 기록

사/색/여/담 겨울 : 아파야 보이는 것들

초판 1쇄 2017년 09월 01일

지은이 구보
발행인 김재홍
디자인 이근택
교정 · 교열 김진섭
마케팅 이연실

발행처 도서출판 지식공감
등록번호 제396-2012-000018호
주소 경기도 고양시 일산동구 견달산로225번길 112
전화 02-3141-2700
팩스 02-322-3089
홈페이지 www.bookdaum.com

가격 13,000원
ISBN 979-11-5622-306-1 04810
SET ISBN 979-11-5622-302-3 04810

CIP제어번호 CIP2017019687
이 도서의 국립중앙도서관 출판예정도서목록(CIP)은 서지정보유통지원시스템 홈페이지(http://seoji.nl.go.kr)와 국가자료공동목록시스템(http://www.nl.go.kr/kolisnet)에서 이용하실 수 있습니다.

사 / 색 / 여 / 담

아파야 보이는 것들 겨울

글·사진 | 구보

문학공감

목차

아파야 보이는 것들

아파야 비로소 보이는 것들이 있다. 온전하게 보내지 못했던 지난날이 보이고 사랑했을 때 충실히 사랑하지 못했던 한심한 내가 보인다. 그리고 무심히 지나쳤던 다른 이의 상처가 보인다.

아픈 사람은 아픈 여행자가 된다. 아픈 여행자는 느리다. 슬픔이 자박자박하게 깔린 거리를 뚜벅뚜벅 걷는다. 사소하고 보잘것없는 것들이 눈에 밟힌다. 길 위에선 주위의 모든 것이 친구이자 스승이다. 떨어진 꽃을 바라보며 눈시울이 붉어지고 길가에 들풀과 사랑을 이야기한다. 쓰러진 나무에 기대어 앉아 부서진 돌 조각을 어루만진다. 그러다 현실을 잊은 듯 감히 휘파람을 불며 희망을 노래한다. 쉽게 미소 지을 수 없어 다른 사람과 쉽게 친해지지도 못한다. 때론 괴로움을 털어놓을 사람이 없어 외롭다. 그래도 좋다… 아니, 괜찮다.

고독 안에서 자신을 마주하고 아물지 않은 상처를 쓰다듬는다. 괴로운 삶이라 하더라도 살아가는 힘을 얻고자 용기 내어 떠난 사람들. 지지부진하고 초라한 인생이라 하더라도 품어보고자 길 위에 선 영혼들. 그들의 행색은 초라하고 발걸음은 비틀대지만 그들의 자세는 위대하고 숭고하다. 남들이 가지 않는 길을 걷는다. 그 고단한 길 위에서 하늘과 인사하고 바람과 춤춘다. 그리고 먼저 지나간 외로운 여행자의 발자국을 따라 걸어보기도 한다. 목적과 이유도 묻지 않은 채 묵묵히 걷다 해가 내일을 기약하며 서쪽 하늘로 사라질 때면 그제서야 자신의 쉴 곳을 찾는다. 다급히 찾게 된 그 작은 공간이 주는 포근함 속에서 별을 바라본다. 지나쳐 온 바다와 강, 사막, 산 그리고 인연과 사랑을 그리워하며 별에다가 기억을 하나하나 새겨놓는다. 그렇게 민감하게 세상을 바라보고 자신을 어루만진다. 추억의 편린들이 별처럼 다가와 초라한 여정을 고귀하게 만든다.

그 기록을 담았다. 나의 상처로 역사의 슬픔을 바라보고 땅의 아픔을 바라보며 스친 생각들. 평범하고 시시해 보일지 모른다. 하지만 때로 우리를 위로하는 건 화려한 공연과 우아한 음악이 아닌 아버지의 굽은 어깨에서 흘러나오는 지나간 가요의 흥얼거림이다. 잔소리만 늘어놓다 지쳐 잠든 엄마의 모습일 수도 있다.

신은 세상에 천국과 지옥을 섞어 놓았다고 생각한 적이 있었다. 나는 그가 이 둘을 동일한 비율로 섞진 않았다고 생각했다. 신은 지옥에 찰나의 천국을 넣어 세상을 창조했다고 나름의 결론을 내렸다. 너의 생을 마쳤을 때는 지옥이 아닌 천국에 있으라고. 살아 있을 때 좀 더 신의 목소리에 귀 기울이며 천국을 소망하라고. 하지만 아닐 수도 있다는 의심이 든다.

그렇게 나는 신을 조금 더 이해하게 되었다. 사실 신은 무수한 천국들을 내 곁에 선물로 주었다고. 익숙하다고, 평범하다고 내가 이들을 무시하고 간과했을 뿐이라고.

그렇게 내 주위의 모든 것들은 특별하고 존재 자체만으로도 충분한 의미가 있다고. 나 자신도 그러하다고.

중남미

다채로운 색깔이 가득한 중남미는 나에게 검붉은 색으로 기억된다.

검은 피부에 흐르는 붉은 피가 가득했던 역사를 품고 있는 땅.

구두를 닦으라고 나를 붙잡는 소년의 손.
붉은빛이 선명한 작은 손바닥에 묻은 검은 구두약.
성당 입구부터 무릎으로 기어가며 기도하는 한 남자의 발등,
바닥의 때와 긁혀 까져버린 상처로 검붉은 그의 발등.
축구를 하는 아이들의 상처 난 검붉은 팔꿈치.
검붉은 지붕이 없어진 집의 회벽이 닳아 드러난 검붉은 벽돌.
그 거리에서 갓난아이 입에 물린 아낙네의 검붉은 젖꼭지.

검붉은 색이 가득했던 라틴 아메리카에서,
나는 이 땅의 검붉은 눈물을 훔치며 검붉은 마음을 토해냈다.

쿠바로 떠나는 쿠바 비행기

우리는 여행을 통해 자신을 본다.
세상과 마주 서는 법을 배우는 자신.
일말의 두려움을 떨쳐버리기 위해 눈을 부릅뜨는 자신을.

– 체 게바라

비행기를 타기 전에 받아야 한다는 쿠바 비자는 다른 사람들에게는 25유로, 나에게는 50유로였다. 강제적으로 마드리드 공항에서 환급받은 세금을 쿠바 정부에 선물하는 기부천사가 되었다. 비행기는 내가 타본 비행기 중 가장 오래된 비행기처럼 보였다. 체 게바라가 볼리비아에서 혁명을 이어가고자 몰래 탔음직한 비행기의 승무원은 특이하게도 할아버지였다. 매우 단출한 기내식이 제공됐으며 저가항공이 아님에도 기본 음료 외에는 돈을 지불해야 마실 수 있었다. 보통 항공사의 승무원들은 서빙 시간 외에는 잘 보이지 않지만, 쿠바나 항공 승무원들은 손님들과 수다를 떠느라 정신이 없다. 좌석에는 개별 전등이 없어 책을 읽을 수도 없었다.

비행기가 서쪽으로 빠른 속도로 날아가는 덕분에 해가 좀처럼 지지 않았다. 해가 지는 속도로 비행기가 날고 있는 듯했다. 태어나서 처음으로 석양을 몇 시간 동안 바라보았다. 태양을 계속 날개로 떠받치며 날아가는 비행기는 태양이 무거운지 무게를 이기지 못하고 이따금씩 심하게 흔들리곤 했다.

좁은 창밖에는 붉은 운해가 얇고 넓게 펼쳐져 있었다. 습자지 같은 구름은 층을 이루며 공기와 공기의 경계를 나누고 있었다. 나는 다양한 경계를 넘고 있었다. 대륙의 경계를 넘으며 사상과 사상, 이념과 이념, 체제와 체제의 경계를 넘는다. 그 가운데서 나는 이성과 감정, 사람과 사랑, 생각과 지식의 경계를 넘으며 여행의 의미를 생각했다. 여행은 결국 경계를 넘는 일이다. 조국과 외국의 경계를 넘기도 하고 고향과 타향의 경계를 넘는다. 나와 타인의 경계, 현재와 과거의 경계를 넘다 보면 자아의 경계를 넘기도 하고 생각의 경계를 넘는 경험을 하기도 한다. 내가 넘어온 경계를 생각하며 자아는 얼마나 넓어지고 세상을 바라보는 시선은 얼마나 확장됐는지 붉은 구름 위에 펼쳐 보았다.

입 / 국 / 심 / 사

BIENVENIDOS
환영합니다

당시에는 몰랐지만 나는 쿠바 땅에 도착하자마자 쿠바를 봤다고 해도 과언이 아니었다. 누군가 쿠바를 상징하는 게 무엇이냐고 묻는다면 난 쿠바에서 만난 첫 사람을 이야기한다. 입국 심사대 여성이다. 사실 처음 마주쳤을 때는 잘 몰랐다. 하지만 쿠바를 떠날 때 다시 만나니 입국 심사대의 여성은 쿠바의 특징을 자신의 몸에 오롯이 담고 있었다.

호세 마르티 공항에 적혀 있는 'BIENVENIDOS환영합니다'라는 문구가 무색하게 쿠바 입국 심사대의 공무원들은 경직되어 있었고 쌀쌀맞았다. 근데 대화를 몇 번 나누다 보면 감췄던 미소를 드러낸다. 내 어설픈 스페인어가 참 어이가 없었을 게다.

입국 심사대의 여성들은 누가 봐도 공무원의 유니폼임을 알 수 있는 촌스럽고 단조로운 제복을 입고 있었다. 하지만 스타킹은 제각각이다. 모두 화려하다. 망사 스타킹 아니면 저마다 화려한 무늬가 들어간 스타킹을 신고 있었다. 화장기가 없이 수수한 얼굴이지만 몸매는 성적 매력이 흘러나오다 못해 넘쳐난다. 무채색 복장에도 불구하고 탄력적이고 농염한 몸은 숨겨지지 않는다. 공산주의 국가의 공무원답게 태도가 엄청 차갑다. 자신의 조국에 돈을 쓰러 온 관광객을 상당히 귀찮아하는 모습이었다. 여행자 보험증서와 출국 티켓, 짐 검사도 빼놓지 않았다. 서류를 배낭에 넣어 놓은 탓에 내 모든 짐을 풀어야 했다. 풀어 놓은 짐을 같이 싸주며 나에게 웃으며 말을 건다. 쿠바에서는 보기 힘든 외국산 물품이 가득 있으니 신기해하며 이것저것 묻는다. 나는 스페인어가 짧고 그녀는 영어가 완벽하지 않아 제대로 말해줄 수는 없었지만, 서로에게 지어 보이는 미소만으로도 기분이 좋아진다. 나란 남자 정말 단순하다. 결국, 내 나이키 로고가 크게 박힌 셔츠를 선물로 주고 말았다.

낙후된 도시의 외관 속에 숨겨진 화려한 매력. 공산주의의 엄격한 규율 가운데서도 미약하게나마 허락된 자유는 누구보다도 멋지게 누리는 사람들. 관광이 주요 수입원이 되면서 관광객들에게 한 푼이라도 더 뜯어보려는 짓궂은 사람들의 모습까지 모두 그녀 안에 담겨 있었다. 빈정상하게 하다가도 금세 사랑스러운 매력을 드러내는 사람들. 따뜻하고 쾌활한 순수함. 그녀는 내가 만났던 모든 쿠바의 모습을 함축적으로 상징하고 있었다. 쿠바인들은 자유롭지 않아 보여도 누구보다 자유로웠고 초라해 보여도 누구보다 화려했다.

낯선 땅을 여행하는 법

쿠바는 확실히 낯선 나라다. 피델 카스트로의 동생 라울 카스트로가 형의 정권을 이어받아 국가의 수장이 되면서 서서히 개방이 시작되고 있지만 지구상에 얼마 남지 않은 공산주의 국가다. 내가 만났던 아바나 대학 교수 R은 꿈이 택시기사다. 다른 나라에서는 대부분이 택시기사에서 대학교수를 꿈꾸지만, 이곳에서는 택시기사와 까사여행자용 숙소 주인이 대학교수보다 선망받는 직업이다.

인플레이션 방지와 관광 수입 증대를 위해 화폐도 두 종류를 사용한다. 여행에서 당연했던 모든 것이 이곳에선 통하지 않는다. 신용카드와 체크카드도 제대로 준비하지 않으면 사용하지 못하는 경우가 태반이다. 무턱대고 들고 온 미국계 금융회사의 신용카드는 무심결에 들고 온 한국의 도서관 회원카드만큼이나 쿠바에서 유용하게 쓰인다.

은행 앞에 길게 늘어선 줄에 합류해 어렵사리 ATM에 도달했다 하더라도 먹통이 된 카드에 당황할 수밖에 없다. 황금을 찾아 쿠바를 4번이나 찾았지만 황금을 찾지 못한 콜럼버스의 마음을 느낄 수 있다. 여행자들에게 쿠바는 더 가혹하다. 불쌍하게 돌아서면 친절한 양의 탈을 쓴 사기꾼들을 만나게 된다. 빈약한 지갑의 돈까지 털리면 쿠바의 ATM이 된 자신을 발견하게 된다.

> "쿠바의 인권이 완벽하지는 않습니다. 하지만 쿠바의 모든 인민은 의료복지를 누립니다. 인간의 건강을 지키는 권리보다 더 기본적인 인권이 있을까요? 하나만 더 묻고 싶습니다. 남자와 여자가 같은 일을 하는데 소득의 차이가 있는 것은 정당한가요? 쿠바에서는 소득상 성적 차별이 전혀 없습니다. 그러니 인권을 정치화하며 분쟁을 조장하지 말았으면 합니다."
>
> **– 라울 카스트로**

쿠바는 무상의료와 무상교육을 이루어낸 유일한 나라다. 자기가 원하면 대학원 박사과정까지 무료로 교육을 받는다. 무상 의료와 우수한 의료 인력 덕분에 세계에서 가장 잘 산다는 미국보다 유아 사망률이 낮다. 평균 수명은 80세에 달한다. 무상 교육으로 인해 쿠바의 문맹률은 1% 아래다. 즉, 모든 국민이 글을 읽고 쓰는 게 가능하다.

하지만 혁명으로 교육과 의료뿐만 아니라 가난도 얻었다. 석유 수입이 중단되면서 화학 비료와 농약을 만들 석유는커녕 비료를 운반할 화물차의 연료도 없어 울며 겨자 먹기 식으로 유기농 정책을 펴게

됐다. 그러자 역설적으로 식량 자급률이 높아졌다. 석유가 없어 공장이 문을 닫게 되면서 공장지대가 농업지대로 바뀐 영향도 있다. 국민들에게 외국에서는 너무나도 값비싼 유기농 채소를 무료로 지급하지만, 식량은 턱없이 부족하다. 국가에 굶어 죽는 사람도 없고 영양실조도 없지만 먹고 싶은 것을 배부르게 먹지는 못한다. 관광객들은 쿠바에서 유기농 음식을 먹을 수 있어 좋아하지만, 쿠바 사람들은 유기농 음식밖에 먹을 게 없다며 불만을 토로하기도 한다. 거리에는 많은 남자들이 빈둥대고 있다. 젊은이들은 모든 열정을 춤과 음악에만 쏟고 있는 듯했다.

가장 혹독하고도 낭만적인 실험을 하고 있는 나라, 쿠바

자신의 땅을 침략했던 스페인 정복자들에게 배운 대로 여행자에게 총과 칼을 들이미는 다른 중남미의 국가와는 다르게 쿠바는 정말 안전한 나라다.

극심한 빈부 격차 없이 모두가 못사는 나라. 가난해서 불행한 사람들이 가득한 국가와는 다르게 가난해도 행복하게 사는 법을 아는 사람들이 사는 곳이다. 행복한 이유를 찾기 힘든 나라에서 사는 사람들의 흥겨운 춤과 음악들이 참 매력적이다. 애환과 눈물이 가득 담겨있는 애절한 음악이 아니다. 어느 국가의 음악과 춤보다 흥겹고 활기차다. 화학제품이 없어 모든 음식이 유기농인 나라. 그래서 독한 술에 조촐한 안주를 곁들이며 밤새 마셔도 괴로운 숙취가 없는 곳이다. 이렇듯 선뜻 이해하기 힘들고 모든 것이 낯설다.

인터넷이 아예 불가능한 것은 아니지만 쓰기가 무척 힘들다. 개인적으로는 쓰지 않는 걸 권유한다. 쿠바에서 와이파이를 쓰는 일은 흡연과도 같다. 백해무익하다는 말이다. 기본적인 스페인어와 살사 동작을 익히고 쿠바에 온다면 쿠바와 깊이 있는 만남이 가능하다. 스페인어를 모른다 하더라도 여행하는 사람들과 대화하며 정보를 얻는 게 여행의 큰 도움이다. 정보북에 여행 노하우를 남기기도 하고 여행자들끼리 편지와 메모를 이용해 만나고 소통한다. 내가 아바나에서 만난 여행자는 비냘레스에 있는 까사에 편지를 남겼고 나는 그 편지를 받고 비냘레스의 정보를 얻었고 만나서 함께 여행을 할 수 있었다. 만나기로 한 사람과 편지가 제대로 전달되지 않으면 텔레파시를 보내야 하는 낯설고 원시적인 여행을 해야 한다.

나도 두 화폐 개념에 어리보기 하던 아바나 첫날, 한 달 동안 쿠바를 여행한 사람에게 도움을 얻어 외국인용 화폐가 아닌 현지인의 화폐 쓰는 법을 배워 풍성하고 저렴한 여행을 할 수 있었다. 쿠바에서는 외국인 전용 화폐인 CUC와 현지 화폐인 CUP가 있다. CUC는 쎄우쎄, 쿡으로 불리고 CUP는 모네다 나쇼날인 MN으로 표기되고 쿱으로 읽힌다. 쉽게 줄여서 모네다로 불리기도 한다. 항상 화폐난위를 확인해야 하고 지불할 때도 CUP인지 CUC인지 지폐와 동전을 확인해야 한다. 나중에는 구별할 수 있는 방법을 자연스레 터득하게 되지만 처음에는 헷갈리기 일쑤다.

1CUC는 미국 1달러와 가치가 똑같고 1CUC와 1CUP는 24배 차이가 난다. 이 때문에 현지인에게는 50원짜리가 외국인들에게는 1,200원이 된다. CUC만 쓸 수 있는 외국인 전용식당이 있고 CUP만 쓸 수 있는 현지 식당이 있다. 하지만 지금은 그 경계가 흐릿해져 외국인들도 CUP를 쓰는 데 문제가 없다. 일부 쿠바인들은 CUC을 선호하기도 한다. 이제 곧 화폐가 통합될 예정이다. 이렇게 쌓아온 나의 여행 정보는 또 다른 여행자에게 전수되었다. 사람과 사람이 만나 여행의 두께를 더하는 여행이 쿠바의 매력 중 하나다.

다양한 여행객과 다채로운 아바나의 모습

아바나

"인생은 가까이서 보면 비극이지만, 멀리서 보면 희극이다."

– 찰리 채플린

부풀어지고 미화된 이미지만 갖고 이 땅을 찾았다가 실망하는 여행자들을 꽤 많이 만났다. 아바나 까사에 틀어박혀 자기가 얼마나 큰 실망을 하고 있는지 넋두리만 늘어놓는 사람들도 꽤 있다. 음악과 혁명이 있다는 국가에서 상당히 귀찮게 따라오는 호객꾼들을 하루에도 수십 번씩 만난다. 아바나에서 음악과 춤은 돈 앞에서만 이루어진다. 자신의 흥을 위해서 춤을 추고 악기를 연주하는 쿠바인들은 이제 아바나에서는 찾아보기 힘들다.

올드카를 보고 반해 이곳에 왔지만, 막상 아바나에서는 올드카에서 내뿜는 검은 매연에 숨이 막힌다. 술은 정말 맛있지만, 음식은 대부분 형편없다. 한국에서 얻은 자투리 정보만 믿고 섣불리 덤볐다가는 상처만 남는다. 섣부른 기대와 어설픈 환상은 이 땅에서 순식간에 그리고 완벽하게 깨진다.

쿠바 사람들도 외부 세계에 대한 환상을 갖고 산다. 쿠바에서 외국 방송을 보는 것은 엄연한 불법이다. 하지만 많은 사람들이 위성 안테나를 달아 미국 플로리다에서 넘어오는 전파로 외국 방송을 시청한다. 미국 위성 채널이 잡히면서 세계 각국의 방송이 잡힌다. 심지어 우리나라의 방송도 볼 수 있다. 실제로 한국 드라마를 좋아한다는 쿠바 사람도 만났었다. 그들도 방송을 통해 화려한 모습만 접하고 있어서 외국에는 가난이 없다고 생각하는 사람들이 꽤 많았다. 서로가 서로를 오해하고 있다.

혁명의 상징 체 게바라는 철저히 상품화되어 혁명의 정신은 희미해지고 그의 이미지만 허망하게 소비된다. 자본주의의 혜택을 입고 살아가는 관광객들이 입은 셔츠마다 그의 얼굴을 만날 수 있다. 관광객들의 살찐 배에 그려진 그의 얼굴은 우수로 가득하다. 땀에 젖은 셔츠의 체 게바라 얼굴이 마치 눈물을 흘리는 듯하다.

그래도 분명 위대했던 혁명의 흔적은 아직도 선명하게 존재한다. 환상을 불러일으켰던 쿠바의 장면들도 쉽게 찾을 수 있다. 부에나 소셜 클럽의 후예들이 연주하는, 아름다운 음악의 선율과 정열적인 살사의 동작들이 아바나를 가득 채우고 있으며 거리에는 오래된 자동차의 기름과 시가가 타는 향이 가득하다. 쿠바를 둘러싸고 있는 카리브 해의 코발트빛 바다와 뜨거운 태양도 있다. 몸은 더 나른하게 만드는 럼과 모히또 그리고 칵테일이 여행자들에게 여유를 선사한다.

여행자들이 품고 있는 쿠바의 이미지는 비슷하지만, 막상 쿠바를 여행하는 사람들이 기억하는 쿠바는 각기 다른 이미지다. 이렇듯 쿠바는 와보지 않고서는 알 수 없는 고유한 매력이 있다. 쿠바는 여행자 각자에게 다르게 기억된다. 너의 쿠바와 나의 쿠바는 다르다. 여행자들이 품을 수 없을 정도로 다양한 모습을 간직하고 있다.

그래서 여행자들의 욕망이 충돌하기도 한다. 안일하게 쿠바를 찾은 여행자는 상상도 못 했던 불편함을 겪으며 후지고 미개한 나라라고 불평한다. 그래서 쿠바는 당장 변해야 한다고 생각한다. 환상을 가득 품은 여행자들은 쿠바가 점점 변화하는 모습을 타락으로 표현하기도 한다. 그래서 쿠바는 더 이상 변하지 말아야 한다고 주장한다.

나도 아바나를 서성이며 쿠바만의 정취가 아직도 물씬 풍기는 모습에 매료되었다가도 곧 멕시코의 휴양지와 동남아시아의 해안가 어디쯤과 같이 변해버릴까 걱정이 되기도 했다. 무엇을 받아들이고 어떻게 변화할 것인가 매우 궁금했다. 아바나를 처음 거닐었을 때는 혁명에 멈춘 듯한 도시라는 느낌이 강했다. 이제는 낡아져 버린 혁명의 잔재를 고집스럽게 붙들고 있었고, 시간마저 그 시절에 머물고 있었다.

"다시 태어나려고 죽는 사람이 있지.
믿지 못하겠으면 체에게 물어보라."

– 아타왈파 유팡키, 〈단지 그뿐〉

얼마의 시간이 지나니, 멈춘 듯한 도시는 아주 천천히 하지만 꾸준히 움직이고 있음을 느낄 수 있었다. '변화'라는 정태적인 명사보다 '변하다'라는 동태적 동사가 쿠바의 상황을 묘사하기에 적확하게 느껴진다. 발전하고자 하는 내부적 열망과 변질되지 않기를 바라는 외부적 소망이 충돌할 뿐 어느 방향으로 흘러갈지는 아무도 모른다. 임계점을 향해가는 뜨거운 도시 아바나. 그곳의 임계저항을 바라보는 일은 이 시대 쿠바 여행자의 특권이다.

오래된 아름다움

아주 오래되었거나 조금 덜 오래된 것들이 아바나를 가득 채우고 있다. 말을 타고 다니는 사람이 있는가 하면 자동차 박물관에서나 볼 법한 아주 오래된 자동차도 흔하게 볼 수 있다. 그 사이를 자전차가 사람들을 실어 나른다. 오토바이를 개조해 만든 노란 코코택시도 관광지 근처에서 쉽게 만날 수 있다. 아주 낡은 건물에는 노년의 신사와 억척스러워 보이는 중년의 여인들이 살고 있고, 화려한 복장을 입은 청년들이 흑백 영화에서 튀어나와 거리를 누빈다.

무너지고 있는 건지 재건하고 있는 건지 정확히 알 수 없는 건물 앞에는 건물 잔해인지 건축 자재인지 모를 것들이 수북이 쌓여 있다. 무너지고 있는지 발전하고 있는지 모를 쿠바의 상황과 묘하게 닮았다. 허름하고 낡은 건물 벽에는 예술적 감각이 뛰어난 그림이 그려져 있고 화려한 색상의 빨래들이 널려 있다. 나부끼는 빨래 아래에는 자신보다 오래된 자동차를 수리하는 남자들을 만난다.

숙소 근처 국회의사당인 카피톨리오와 중앙광장을 지나 오비스뽀 거리로 나가 헤밍웨이와 빅토르 위고가 아바나에 머물렀던 흔적을 찾아가 보기도 했다. 쿠바 리브레와 모히또, 헤밍웨이가 즐겨 마셨다던 다이퀴리를 연거푸 마셔 취기가 올랐다. 패배할 수 있어도 포기하지 않는다는 헤밍웨이의 소설 『노인과 바다』가 쿠바의 혁명정신을 다시 한 번 환기시켜준다.

프라도 거리를 지나 말레콘 해변까지 걸어가 보기도 하고 모네다 택시현지인 택시를 이용해 아주 싼 값에 신시가지인 베다도 지역으로 넘어가 아바나 대학을 지나 혁명광장까지 걸어갔다. 아바나 대학생들과 대화를 나누기도 했으며 현지인들과 뒤엉켜 쿠바인들의 식당에서 500원짜리 핫도그와 200원도 안 하는 과일 주스로 배를 채우기도 했다. 혁명 광장 옆에 있는 공연장에서 화려하고 우아한 쿠바 사람들 옆에서 가장 허름한 복장으로 쿠바 발레를 감상했다. 며칠 동안 아바나 시내 곳곳을 누비며 건물이 초라하고 무너지기 전이라고 해도 다양한 색으로 치장한 덕분에 평균 이하의 촬영 수준에도 훌륭한 사진들을 건질 수 있었다.

낯선 땅에는 사람이 있었다

뜨거운 태양과 탁한 매연을 견디고 수시로 달려드는 사기꾼들과 몸 파는 여자들의 유혹을 뿌리치며 살사의 빠른 리듬처럼 꼼꼼하게 아바나를 걸었다. 까사에서 만난 사람들 그리고 정보북에 여행 정보를 남긴 사람들의 도움으로 나만의 서툰 여행을 할 수 있었다. 그리고 좋은 쿠바 사람들도 꽤 많이 만났다. 영어로 먼저 말을 거는 사람들은 조금 과장을 보태면 99.9% 호객꾼 아니면 사기꾼이었다. 0.9% 과장했다

그럼에도 1%의 좋은 사람들은 여행자가 느껴야 할 괴로움과 분노를 상쇄시켜줄 만큼 친절하고 따뜻했다. 그들은 낯선 여행자인 나와도 친구가 되었으며 쿠바인 특유의 흥을 뿜어냈다. 이들보다 훨씬 부유한 우리나라 사람들은 경직되고 지친 얼굴을 하고 사는 반면 이들

은 항상 웃고 있었다. 미소는 누구보다도 자연스러웠다. 관광객인 나에게 지어주는 미소가 전혀 어색하지 않다. 술집에서 낮에는 천원도 안 하는 맥주 1L를 나눠 마시면서 야구 이야기를 했다. 밤에는 말레콘 방파제에 위태하게 걸터앉아 현지인들과 뒤섞여 맥주를 마셨다. 이런 소중한 추억들에는 항상 쾌활한 아바나 사람들이 함께했다.

그중에서 가장 인상 깊었던 아바나의 장면은 아이들의 모습이었다. 종종 마주치는 학교에서 공부하는 모습들을 기웃대기도 하고, 운동장이 없어 아르마스 광장이나 비에하 광장에 나와 체육 수업을 받는 아이들의 모습을 꽤 오랫동안 흐뭇하게 바라봤다.

아바나에도 많은 유적지가 있었지만 내가 기억하는 것은 결국 사람들이었다. 낡았지만 낭만과 예술이 묻어 있는 곳에 살아가는 사람들. 혁명의 이유도 결국 사람이었고, 혁명을 이룬 것도 결국 사람들이다. 그 이후를 살아내는 주체도 결국 사람이다.

쿠바 사람들은 여행객들과 달리 코히바 시가를 피우지도 않으며 아바나 클럽럼주 브랜드을 마시지도 않는다. 쿠바에 대한 관광객들의 이미지와 아바나 시민들의 고단한 현실은 우리나라와 쿠바의 차이만큼 동떨어져 있다. 그럼에도 불구하고 관광객들이 자신을 어떻게 생각하든지 자신의 삶을 있는 그대로 살아가는 사람들이 아바나에는 가득하다. 다름에 어떠한 잣대와 평가를 들이밀지 않으며 우직하게 살아가는 사람들의 자세가 아바나의 낭만과 아름다움이었다.

쿠바의 시골에서 만난 세 남자

📍 비냘레스

자전거를 빌려 선사 벽화를 구경하러 떠났다. 벽화도 상당히 인상 깊었지만 가는 길에 마주친 비냘레스 농촌의 풍경이 정말 아름다웠다. 미국의 학교 버스를 개조한 시내버스와 오래된 미국산 자동차를 스쳐가며 내뿜는 매연에 번번이 자전거를 멈춰 세워야 했지만 파란 하늘에는 솔개가 큰 날개를 펼치고는 원을 그리며 나를 응원했다. 길게 뻗은 아스팔트 양옆으로 넓고 푸른 들판이 펼쳐져 있었다. 그곳엔 소와 말들이 한가로이 풀을 뜯고 있었고 집 마당에는 닭과 고양이가 서로의 본능도 망각한 채 서로 엉켜 느긋하게 하루를 보내고 있었다. 생각지도 못한 풍경에 푹 빠진 나는 숙소에서 에어컨 바람을 쐬며 뜨거운 낮 시간을 버틸 계획을 망각하고 간단히 다시 짐을 챙겨 반대편 마을로 향했다.

마을에는 사람들이 농사일로 분주한 모습이었다. 자전거를 잠시 세우고 물로 목을 축이며 밭을 가는 풍경을 바라보았다. 한 노인이 검은 소와 누런 소를 동시에 부리며 쟁기질을 하고 있었다. 갈린 밭에는 닭과 황새들이 벌레를 쪼아 먹고 있었다. 괜히 옛 이황 선생 이야기가 떠올라 검은 소가 일을 잘하는지 누런 소가 일을 잘하는지 물어보고 싶었다. 짧은 스페인어로 작문을 하고 있는데 노인이 먼저 나에게 묻는다. "치노? 하폰? 중국인이냐? 일본인이냐?" 질문을 받으니 우둔한 질문을 하려 했던 내가 되레 부끄럽다.

작은 마을을 지나쳐 무작정 달렸다. 사실 나는 학교를 찾고 있었다. 스페인에서 학용품을 구입하고 이 모두를 쿠바 학교에 전부 선물하자는 다짐을 했었다. 거리에는 학교를 마친 아이들이 부모가 끄는 달구지나 자전거를 타고 집에 가고 있었다. 마음이 급했다. 마을 끝을 지나니 이상한 마을이 나온다.

'Republica de Chile'라는 마을이었다. 굳이 직역하자면 '칠레 공화국'이 되는 이 마을은 산 중턱에 위치하고 있었다. 왜 이런 마을 이름이 붙었는지는 모르겠지만 쉽게 학교를 찾을 수 있었다. 무턱대고 선생님을 찾아 한 반에 아이들이 나눠 쓸 정도의 학용품을 전달했다. 사실 국가가 모든 학용품을 책임지고 있는 이 나라에 기증하는 게 다소 엉뚱한 생각 같았지만 나라를 떠나기 힘든 아이들에게 훌륭한 기념품은 될 것 같았다. 이게 과연 옳은 행동일까 궁금했던 의구심이

들었지만, 무척이나 고마워하는 선생님의 모습을 보자 이내 사라졌다.

숙소로 돌아가는 길, 기쁜 마음에 더운 줄도 모르고 신나게 페달을 밟았다. 문득 할아버지의 얼굴이 보인다. 집 앞에서 엉성한 의자에 앉아 부채질을 하고 있는 할아버지는 나를 보고 미소 짓고 있었다. 평소 같았으면 나도 미소로 화답했겠지만, 쿠바에서 흔히 보던 할아버지의 외모가 아니었다. 여행 중에 돌아가신 우리 할아버지의 얼굴과 비슷했다. 자전거 페달을 밟으면서 조심스럽게 뒤를 돌아보았다. 그는 나를 향해 손을 흔들고 있었다.

가슴이 괜히 울컥했다. 여행 중이라 임종은커녕 가시는 길을 배웅조차 하지도 못했던 내 불효가 생각나기도 했고 일제 강점기 시절 쿠바로 이민 왔던 선조들의 핏줄일 수도 있겠다는 생각도 들었다. 물론 확실치 않았다. 확실히 동양인의 얼굴이었지만 출신이 중국, 한국, 일본인지 알 수 없었다. 자전거를 돌려 아까 만난 농부 할아버지처럼 "치노중국인? 하폰일본인?"이라고 물을 수도 없었다. 머릿속이 복잡해지는 만큼 자전거의 체인도 복잡해졌다.

일제 강점기 시절 멕시코로 이민을 떠나야 했던 사람 중 288명이 1920년 쿠바로 다시 이주한다. 우리나라와 쿠바는 서로 반대편에 위치해 있었고, 그들은 이 땅에서 노예와 다름없는 삶을 살아야 했다. 그럼에도 쿠바 한인들은 조국의 독립운동을 위해 밥을 굶어가며 돈을 모금했다. 그리고 1,489달러나 되는 거금을 송금했다.

쿠바가 1959년 공산주의가 되면서 우리나라는 그들을 잊었지만, 그들은 아직도 대한민국을 잊지 못하고 사는 장면을 다큐멘터리를 통해 본 적이 있다. 먹먹한 가슴을 떨치고자 그 마을을 최대한 빨리 벗어났다. 그는 이방인을 위해 미소를 지어주고 손을 흔들어 주었지만 나는 그에게 화답조차 하지 못했다. 급작스런 상황을 피하고만 싶어 하는 못난 내 자신이 부끄러웠다.

쿠바는 흔히 세 가지로 요약된다. 내가 감명 깊게 읽은 책 제목이기도 한 담배와 설탕 그리고 혁명이다. 나는 비냘레스에서 담배를, 트리니다드에서 설탕을, 그리고 산타클라라에서 혁명을 만났다. 아바나에서는 이 세 가지 모두를 가볍게 훑어볼 수 있었다. 그리고 세 남자를 만났다. 호세 마르티와 피델 카스트로 그리고 체 게바라. 비냘레스에서도 세 남자를 만났다. 농부, 선생님 그리고 동양 이민자의 후손을 만났다.

시가

말을 타고 비냘레스 구경을 나섰다. 길은 밤새 내린 비로 온통 진흙탕이었다. 무거운 몸뚱이를 짊어지고 비탈길을 올라가는 말에게 연거푸 사과해야 했다. 말은 진흙탕에 발이 빠지면 큰 한숨을 쉬며 노동의 고단함을 온몸으로 표현했다. 말을 타고 체 게바라처럼 당당히 쿠바 땅을 누비고 싶었지만 뱀 소리를 내며 말을 독려하는 주인아저씨 눈치를 보며 말을 쓰다듬기에만 바빴다.

크리스탈 커피라고도 불리는 쿠바의 커피 농장에서 유기농 커피콩을 볶는 모습을 구경하고 호수와 동굴을 들렀다. 그리고 쿠바에서도 시가로 유명한 비냘레스의 담배 농장을 방문했다. 시가를 마는 모습을 구경하고 단단히 말린 시가를 맛보았다. 생각보다 독한 시가에 머리가 띵했지만, 굉장히 좋은 향이 났다. 왜 식민지 시절 해적들이 쿠바 시가 그중에서도 비냘레스 시가를 최고로 꼽았는지 알 수 있었다. 체 게바라는 천식이 있음에도 시가를 참 멋있게 피웠다. 나는 20세기의 가장 완벽한 남자의 모습을 따라 하기가 무척 버거웠다.

쿠바 시가 공장의 시가는 국가에 90%를 넘겨주고 10%만 관광객에게 팔 수 있다고 했다. 콜럼버스는 4차에 걸친 항해를 통해 이 땅에 도착했지만 금을 찾지 못했다. 그가 죽기 전까지 쿠바에서 찾은 거라곤 금도 아니고 향신료도 아닌 담배뿐이었다. 그는 유럽에 담배를 만병통치약으로 소개했다. 지금 이렇게 전 세계에 담배가 널리 퍼진 것도 다 콜럼버스 때문이다.

전망대에 올라 석회산이 군데군데 봉긋하게 솟아오른 비냘레스를 바라보았다. 이 작은 석회 봉우리를 이곳에서는 '모고테'라고 부른다. 처음 이곳을 자전거 타고 달렸을 때는 마냥 좋았지만 지금은 달리 보인다. 특이하다고 생각했던 석회산에는 비참한 생활을 견디다 못해 탈출한 노예가 숨어서 살았다는 석회 동굴이 있다. 이 땅의 원주민들은 학대와 고된 노역 그리고 전염병으로 짧은 시간에 역사 속으로 사라졌다.

어쩔 수 없이 아프리카에서 흑인들을 노예로 데려오기 시작했고 아프리카의 흑인들은 이동 중에 대부분 죽었다. 무사히 이 땅에 도착했다 하더라도 충격으로 미쳐버리거나 대부분 3년 안에 죽었다. 이런 잔혹한 땅에서 우리 선조들은 민족 운동을 위해 밥을 굶어가며 민족 문화 부흥 운동을 했고 독립군도 지원했다. 한없이 평온하고 아름다웠던 이 땅의 슬픔과 고통이 보이는 것 같아 코끝을 스치는 바람이 시원하지 않고 시큰하다. 독한 시가 탓이겠지.

혁명의 고장

📍산타클라라

아바나의 까사에서 만난 사람들과 오래된 자동차를 타고 산타클라라로 향했다. 산타클라라는 체 게바라가 혁명의 중요한 승리를 이룬 곳으로 체 게바라의 묘가 있는 땅이다.

우리가 '쿠바' 하면 체 게바라를 가장 먼저 떠올리는 만큼 쿠바에서도 체 게바라가 차지하는 위치는 상당하다. 사실 나도 체 게바라 때문에 쿠바라는 국가를 알게 됐다. 내가 고등학생 때, 빨간색의 체 게바라 평전이 유행했었다. 당시 내 책상에는 수학의 정석 대신 이 책이 올려져 있었다. 혁명이 필요한 한국의 교육제도에 저항한다는 어린 시절의 객기이자 허세였다. 무엇보다 책이 멋있었다. 집에 가면서도 굳이 가방에 넣지 않고 옆구리에 끼고 다녔다. 사실 책을 읽은 것은 책을 산 지 얼마쯤 시간이 지나서였다. 시험공부를 하다가 무심결에 펼친 책은 내 밤을 지워버렸다. 부모님은 밤새 공부한다고 내심 기뻐했을지 모르지만, 시험공부가 아닌 인생 공부를 했다. 나도 이런 삶을 살겠다고 다짐했었다.

시간이 흘러 나는 대학에 진학했고 〈모터사이클 다이어리〉라는 영화가 개봉했다. 그의 인생을 바꾼 여행을 보며 나도 꼭 이런 여행을 하리라 생각했다. 하지만 현실에 매번 무릎 꿇으며 헛된 다짐만 반복할 뿐 어떤 실행도 하지 않았다. "우리 모두 리얼리스트가 되자. 그러나 가슴속에는 불가능한 꿈을 가지자."라고 체 게바라는 말했다. 하지만 나는 어설픈 리얼리스트에 멈춰 있는 삶을 살았다. 그를 처음 알고 그를 만나기까지 20년에 가까운 시간이 필요했다. 그리고 그를 닮기까지는 상당히 많은 시간이 더 필요로 할 테다.

Aprendimos a quererte / desde la histirica altura
donde el sol de tu bravura / le puso un cerco a la muerte
태양과 같은 당신의 용맹함이 당신을 죽음으로 이끌었던
역사의 절정으로부터 우리는 당신을 사랑하는 법을 배웠어요.

Aqui se queda la clara, / la entranable transparencia,
de tu querida presencia / Comandante Che Guevara
Tu mano gloriosa y fuerte / sobre la historia dispara
cuando toso Santa Clara / se despierta para verte.
전 산타 클라라가 당신을 보기 위해 깨어날 때
당신의 영광스럽고 강력한 손은 역사를 가리키지요.

Aqui se queda la clara, / la entranable transparencia,
de tu querida presencia / Comandante Che Guevara
여기 당신의 존재가 지닌 사무치는 순수함이 선명하게 남아 있습니다.
우리의 사령관 체 게바라여!

Vienes quemando la brisa / con soles de primaver
para plantar la bandera / con la luz de tu sonrisa
밝은 미소를 지으며 당신은 깃발을 꽂으러
봄의 태양으로 산들바람을 태우며 오지요

Aqui se queda la clara, / la entranable transparencia,
de tu querida presencia / Comandante Che Guevara
여기 당신의 존재가 지닌 사무치는 순수함이 선명하게 남아 있습니다.
우리의 사령관 체 게바라여!

– Hasta siempre Commandante(사령관이여 영원하라)

1928년 아르헨티나에서 태어난 그의 본명은 에르네스토 라파엘 게바라 데 라 세르나Ernesto Rafael Guevara de la Serna다. 'Che체'는 '친구'라는 뜻도 있지만, 영어로는 'hey'와 비슷한 뜻으로 우리나라의 '어이' 정도 된다. 아르헨티나 특유의 억양 중 하나는 말에 'Che체'를 붙이는 것이다. 아르헨티나 출신인 그는 자신의 이름 앞에 Che를 붙였다.

그는 부에노스 아이레스 의과대학에 다니던 1952년, 절친한 친구 엘베르토와 남미를 도는 여행을 떠난다. 당시 경제규모 세계 7위의 강대국 아르헨티나에서도 부유한 가정의 장남으로 태어난 그는 남미 곳곳에 미국의 지원을 받아 권력을 유지하는 독재 정권에 억압받는 국민들을 만나게 된다. 처참한 삶을 살아가는 사람들을 직접 보고 만지며 남미 사회의 부조리를 뼈저리게 느낀다. 그리고 그의 인생은 드라마틱하게 바뀐다. 사람을 치료하는 그의 직업은 인간의 질병만이 아닌 인류의 사회 시스템을 고치는 일로 확장된다.

여행에서 돌아와 의과대학을 마친 그는 1953년 과테말라로 떠난다. 당시 과테말라는 민주 선거로 이룬 과테말라의 아루벤스 진보정권이 미국 자본의 지원을 받은 아르마스의 쿠데타에 의해 무너졌다. 이에 저항하고자 학생운동을 하던 그는 멕시코로 망명하게 된다. 과테말라에서 일다 가데아를 만나 결혼했다. 그녀는 페루에서 학생운동을 벌이다가 과테말라로 망명 온 여성 혁명가였다. 그녀의 소개로 1955년 멕시코에서 피델 카스트로와 운명적으로 만나게 된다.

피델은 체 게바라가 여행을 떠난 1952년, 쿠바의 대통령 선거에 출마했다. 하지만 미국의 지원을 받은 바티스타의 쿠데타로 선거가 무산되고 바티스타 독재정권에 항거하다 체포된다. 2년간 투옥한 뒤 특사로 풀려나 멕시코로 망명했다.

1956년 피델 카스트로와 체 게바라는 86명의 동지들과 '그란마 호'라고 불리는 작은 배를 타고 멕시코에서 쿠바로 떠났다. 할머니가 팔았다고도 알려져 있는 '그란마 호'의 정원은 24명이었다. 정원을 한참 초과한 배는 항해 중 폭풍우를 만나게 되고, 쿠바에 간신히 도착했지만 이들의 상륙을 눈치챈 바티스타 군대의 공격으로 살아남은 사람은 12명에 불과했다. 이들은 시에라 마에스트라 산속으로 숨어 들어갔다. 처음에는 산간지역을 전전했지만 곧이어 쿠바 내 반정부세력과 손을 잡으면서 게릴라의 세력은 급성장하였다.

처음 체 게바라는 피델 카스트로의 군대에 군의관으로 참여했지만, 인품과 지도력으로 피델 카스트로에 이은 2인자의 자리까지 오를 수 있었다. 그는 전쟁 중에도 책을 놓지 않았고 저녁에는 혁명군에 참여한 농민과 노동자를 위해 학교를 운영했다.

체 게바라는 1958년 말, 자신이 지휘하는 제2군을 이끌고 쿠바의 산타클라라에서 쿠바 혁명 역사에 중요한 전투를 승리로 이끌었다. 당시 산타클라라에는 독재자 바티스타의 군대 지휘부가 있었다. 그는 다른 곳에서 벌어지는 전쟁을 지원하기 위해 엄청난 전쟁 물자와 군인들을 열차에 실었다. 체 게바라의 지휘하에 도보로 산타클라라에 도착한 혁명군은 기차 선로를 자르고 불도저로 기차를 전복시킨다. 전쟁 물자를 탈취한 그들은 바티스타 군대의 사기를 꺾어버렸다. 300명이 넘는 정부군에 맞선 24명의 혁명군의 승리였다. 이에 많은 쿠바의 민중들이 체 게바라의 군대에 동조하였고 혁명군은 수도 아바나로 가는 길을 확보했다. 산타클라라의 열차 대첩이라고 불리는 이 전쟁의 승리로 마침내 혁명군들은 바티스타 정권을 무너뜨리고 쿠바혁명을 성공으로 이끌었다.

1959년 1월 1일 독재자 바티스타가 도미니카로 망명했다. 피델 카스트로는 총리가 되었고 체 게바라는 사령관, 쿠바국립은행 총재, 산업부 장관, 외교부 장관 등을 거치며 카스트로와 체 게바라 등 혁명군을 암살하려는 미국 CIA로부터 쿠바의 두뇌라는 별명을 얻었다. 그럼에도 체 게바라는 매주 사탕수수밭에 나가 노동자들과 땀 흘려 일했고, 함께 먹고 자는 생활을 멈추지 않았다.

1965년 4월, 체 게바라는 피델 카스트로에게 '쿠바에서 할 일은 다 끝났다'는 편지와 가족을 남기고 사라졌다. 체 게바라가 쿠바에서 돌연 사라진 이유는 그가 권력을 가진 안정된 삶을 떠나 더 많은 사람들을 해방시키고자 하는 자신의 신념을 지키기 위함이었다. 일각에서는 혁명 이후 피델 카스트로와의 불화가 원인이라고 폄하하기도 한다. 그도 그럴 것이 체 게바라는 쿠바가 미국이나 소련으로부터 완전한 경제적 독립을 하기를 원했지만 피델 카스트로의 생각은 달랐다. 그는 강대국 소련의 지원을 받아 정권을 유지하고자 했다. 하지만 내가 판단할 때는 혁명을 깎아내리고자 하는 세력들의 악의적인 주장일 뿐, 그 둘의 우정과 믿음은 견고했다.

피델은 쿠바 출신으로 혁명 후에 조국을 이끌어가야 할 인물이었고, 체 게바라는 쿠바 출신도 아닐뿐더러 혁명을 더욱 확장시키고 싶어 했다. 피델은 혁명의 길이를 연장하는 방식을 택했고 체 게바라는 혁명의 넓이를 확장시키고자 했던 혁명가였다. 변절이 아닌 혁명의 종과 횡을 각각 담당해야 했기에 헤어질 수밖에 없었다. 체 게바라는 자신의 가족들을 쿠바의 새로운 시스템이 잘 지켜 주리라 굳게 믿었다. 그의 강한 신뢰가 쿠바를 떠나 다른 땅에서 혁명을 이어가는 원동력이 되었다. 체 게바라가 쿠바를 떠나기 전 피델에게 쓴 편지에도 잘 나타나 있다.

(전략) 나는 경이로운 시절을 살았고 미사일 위기가 고조되는 지금까지 자네 곁에서 인민들과 함께한다는 사실에 큰 자부심을 느낀다네. 이런 위기 속에서 어떤 국가 원수도 자네만큼 영민하게 대처할 수 없을 거네. 관찰하고 사유하고 위험과 원칙을 조율하는 자네의 뒤를 주저 없이 따랐던 내 자신이 자랑스럽네. 지구상의 다른 땅들이 나의 미천한 힘을 필요로 하네. 쿠바의 지도자로 남을 자네의 책임이 자네로 하여금 포기할 수밖에 없도록 만드는 그 일을 내가 담당하려 하네. 이제 우리가 작별할 시간이네.

내가 환희와 고통이 교차하는 이때 떠나야 하는 걸 이해해주기 바라네. 나는 여기에 건설자로서 내가 가진 가장 순수한 희망과 내가 사랑하는 사람들의 가장 사랑스런 부분을 남겨두고 떠나네. 나를 아들로 받아준 인민의 곁을 떠나네. 내 영혼의 한쪽을 남겨놓겠네. 새로운 전쟁터에서도 자네가 나에게 심어준 믿음을 잊지 않겠네. 우리 인민의 혁명의식과 내 의무의 가장 고결한 부분을 완수하고자 하는 가슴 설레는 기쁨을 고이 간직하겠네. 제국주의와 투쟁하는 그곳에 이들이 모두 함께할 것이네. 내 아픔을 치유하고 위로하는 것은 이뿐이네. (후략)

영원한 승리의 그날까지!

뜨거운 혁명의 열기로 얼싸안으며. 체.

쿠바에 작별을 고하고 체 게바라는 아프리카 콩고로 떠났다. 하지만 아프리카의 혁명군은 체 게바라가 그동안 접해온 남미사람들과는 달랐다. 아프리카만의 특수성을 이해하지 못했던 체 게바라는 1966년 3월까지 아프리카에 머물다가 쿠바로 돌아왔다. 미국의 암살을 피하기 위해 그는 라몬이라는 가명을 사용했고 대머리 사업가로 위장했다. 쿠바에서 다시 만난 그의 자식들까지 그를 알아보지 못했나. 아버지의 친구라고 소개한 뒤 자신의 아이들에게 그의 사랑을 전했다. 그리고 다시 그해 11월 볼리비아의 혁명에 가담하기 위해 떠났다.

당시 볼리비아는 1952년에 국민 혁명이 성공했지만 1964년 바리엔토스의 군사 쿠데타가 일어나면서 국민혁명정부가 무너지고 군사독재로 접어들고 있었다. 체 게바라는 볼리비아의 반독재 혁명군에 참가하여 남미대륙에서 혁명운동의 거점을 마련하려 하였다. 그러나 체 게바라가 이끄는 혁명군은 볼리비아 민중의 지지를 얻지 못했다. 그들은 외국인인 체 게바라보다는 볼리비아인 혁명 대장을 원했다. 혁명군 내에서도 조금씩 분열이 일어나기 시작했다. 더군다나 체 게바라의 지병인 천식은 고산지대인 볼리비아에서 더욱 악화되었다. 농민 노동자들과의 연대에 실패한 체 게바라는 산악지역을 전전하며 게릴라 활동을 펼쳤지만 큰 성과를 얻지 못했다.

결국, 1967년 10월 8일 체 게바라는 미군의 지원을 받는 볼리비아 독재정권의 정부군에 체포되었다. 허벅지에 부상을 입은 그는 카미리 지역 학교에서 포로로 잡혔다. 체 게바라의 인기와 게릴라 활동으로 골머리를 앓던 미국은 체 게바라의 총살을 지시했다. 10월 9일 오전

11시 15분, 마리오 테란이라는 볼리비아의 하사관이 그에게 총을 발포했다. 서로 죽이기를 미루다가 제비뽑기로 어쩔 수 없이 체 게바라를 쏜 마리오 테란은 자괴감에 고통스러워하다가 6개월 후 자신의 집 4층에서 투신자살했다.

40세를 채우지 못한 체 게바라의 불꽃 같은 삶은 그렇게 하나의 별이 되었다. 체 게바라는 죽은 뒤 오히려 그 영향력이 확산됐다. 전 세계적으로 '체 게바라 열풍'이 불었다. 프랑스의 68운동에서 그는 정신적 지주가 되었다. 이후 이념은 서서히 스러져갔지만 체 게바라는 혁명의 상징으로 굳게 남았다. 체 게바라의 시신은 양 손목이 잘린 채 암매장되었다. 그의 손은 지문 대조로 신원을 확인하는 용도로 쓰이고 피델 카스트로에게 전달된다.

1990년 6월 피델은 그의 유해를 찾겠다는 약속을 지켰다. 쿠바와 아르헨티나 사람들로 구성된 조사단은 끈질긴 추적 끝에 손목이 절단된 그의 유골을 발굴한다. 마침내 그의 유골은 산타클라라로 옮겨졌다.

그가 쿠바 혁명을 성공으로 이끈 해는 그의 나이 31살이 되던 해였다. 당시 내 나이와 비슷하다. 그의 가슴에는 죽어서도 꺼지지 않는 불꽃이 지금도 타고 있다. 나는 살아서도 피우지 못한 불꽃이 있다. 단지 그의 시신 앞에 섰다는 것만으로 일렁이는 내 가슴이 초라하고 볼품없다. 그의 묘에서 타고 있는 불은 태울 열정이 없는 건지, 태울 용기가 없는 건지 알 수 없는 부끄러운 내 가슴을 민망하게 드러냈다. 숙소로 돌아와 〈Hasta siempre Commandante사령관이여 영원하라〉를 들었다. 단지 혁명의 이미지에 열광하는 관찰자적 위치에 서 있는 나를 반성했다.

나에게 혁명이란 무엇인가? 내가 이루어야 할 혁명 모습은 어떠한 것일까? 반문했다. 안중근 의사가 이토 히로부미를 저격했을 때도 그의 나의 31세였다. 업적을 이룬 나이를 기준으로 단순히 그들과 나를 동일 선상에 놓고 비교하며 자괴감을 짜내고자 하는 것은 아니었다. "누구는 너 나이에 이랬는데 너는 뭐하고 있냐?"라는 식의 형편없는 꾸지람으로 나를 초라하게 만들고 싶지는 않았다.

하지만 나는 시대의 흐름과 요구에 어떻게 반응하고 있는지는 반드시 성찰할 필요가 있었다. 나는 어떤 시선으로 시대를 바라보고 있는가? 이 시대는 무엇을 필요로 하고 그에 따른 나의 역할은 무엇일까? 혁명과 독립이 아닐지라도 나에게 주어진 시대의 소명을 고민했다. 시대와 다른 사람의 아픔에 민감하게 공감하고 반응하는 일부터 시작해 보자고 다짐했다. 해야 하지만 미루고 있었던 일을 시작하는 것, 모두가 원하지만 아무도 하지 않는 일을 과감히 시작하는 게 내 혁명의 모습이 아닐까?

> "어른이 되었을 때 가장 혁명적인 사람이 되도록 준비하여라. 이 말은 네 나이에는 많이 배워야 한다는 것을 의미한다. 정의를 지지할 수 있도록 준비해라. 나는 네 나이에 그러지를 못했단다. 그 시대에는 인간의 적이 인간이었다. 하지만 지금 네게는 다른 시대를 살 권리가 있다. 그러니 시대에 걸맞은 사람이 되어야 한다."
>
> – 1966년 2월 체 게바라가 딸 일디타에게 보낸 편지

딸기와 초콜릿

내가 본 첫 쿠바 영화는 〈딸기와 초콜릿〉이었다. 쿠바를 대표하는 아이스크림 가게이자 쿠바 토종 상표인 '코펠리아'에서 대학생 다비드와 게이 청년 디에고가 만난다. 다비드는 대학생이자 신실한 청년 당원이다. 디에고는 동성애자로 히피 스타일의 자유로운 영혼이다. 다비드는 아바나 대학교에서 사회과학을 전공하는 모범생이고 디에고는 문학으로 쿠바 문화 부흥에 이바지하려 한다.

디에고는 다비드를 유혹한다. 그는 다비드가 공연했던 '인형의 집'이라는 연극을 찍어 놓은 사진이 있다며 그를 자신의 아파트로 데리고 간다. 그의 집에서 불온서적과 밀수입된 불온물을 본 다비드는 기숙사로 돌아가 친구들에게 그 사실을 이야기한다. 친구들은 디에고를 감시해야 한다고 조언했고, 이번에는 다비드가 디에고에게 접근한다. 그 과정에서 둘 사이에 점차 우정이 싹트기 시작한다. 하지만 결국 디에고는 감시와 압박을 견디지 못하고 망명을 택한다. 다비드는 여전히 동성애를 혐오하지만, 기존의 체제를 유지하는 선에서 동성애자를 포용할 수 있는 자리를 마련하려 하고 디에고는 망명을 떠나는 순간까지도 쿠바에 대한 호의적인 입장을 버리지 않는다. 그렇게 다비드 그리고 쿠바를 향한 디에고의 짝사랑은 막을 내린다. 쿠바는 아직도 성소수자의 인권이 보장되지 않는다. 당시에도 성차별은 없었지만, 동성애자에게는 감옥 혹은 망명이라는 두 가지 선택지만 주어졌다.

현재 라울 카스트로 쿠바 국가평의회 의장의 딸이자 동성애 인권 운동가인 마리엘라 카스트로가 이 문제 해결을 위해 적극적으로 나서고 있다. 하지만 동성애 인권 문제는 아직도 구바의 발목을 잡고 있다. 미국을 비롯한 여러 서구 열강들은 이 문제를 수시로 걸고 넘어진다. 마리엘라의 활동으로 최근 쿠바에서도 성소수자의 인권 신장을 위한 분위기가 확산되고 있다. 그녀는 이 운동이 쿠바 사회를 분열시킬 것이라는 우려가 있다는 것을 알고 있지만 오히려 문화적, 이데올로기적인 풍성함을 가져다줄 것이라고 주장한다.

이 영화는 소수자를 향한 사회의 부정적 인식이 과연 정당한가에 대한 의문을 제기한다. 감독은 단순히 동성애의 문제만으로 주제를 국한시키지 않는다. 혁명 이후 경직되고 있는 정책을 비판하면서 혁명의 기본적인 틀과 문화의 다양성이 공존하는 방법을 모색하고자 한다. 얼핏 보면 토마스 구티에레즈 알레아, 후안 카를로스 타비오 두 감독이 쿠바를 비판하고 있는 것으로 보이지만 친정부 성향을 지닌 인물들이다. 쿠바와 혁명을 사랑하기에 개혁은 혁명 이후의 삶에서도 지속되어야 한다고 말하고 있다.

나는 산타클라라 비달 광장 코펠리아에서 딸기 아이스크림을 종류대로 구입했다. 운 좋게도 현지인 가격으로 살 수 있었다. 메뉴에 있는 걸 다 주문했는데도 아바나 코펠리아 초콜릿 아이스크림 한 컵의 1/5도 안 되는 가격이다. 아바나에서는 은근슬쩍 현지인 줄에 섰다가 제지를 받고 외국인을 위해 따로 마련된 자리에서 외국인 가격으로 먹어야 했다. 디에고는 딸기 아이스크림을 먹었고 다비드는 초콜릿 아이스크림을 먹었다. 나는 산타클라라에서는 딸기 아이스크림을 먹었고 아바나에서는 초콜릿 아이스크림을 먹었다.

아이스크림에도 쿠바의 모습이 담겨 있다. 혁명의 큰 틀을 유지하면서 어떻게 관용과 개방을 이룰지 궁금하다. 딸기든 초콜릿이든 결국 아이스크림이고 현지인이든 외국인이든 더운 날 아이스크림이 필요한, 같은 사람들이다. '사람이 중심이 되고 사람이 삶에 꼭 필요한 것들을 보호한다는 혁명의 정신이 유지된다면 방법은 시대에 따라 달라져도 괜찮지 않을까?' 라고 생각했다. 식민지 시대와 혁명의 시대를 넘어 쿠바는 어느 시대를 맞이할까?

그 어딘가에 있을 달콤함

트리니다드

트리니다드에는 식민지 시대 유적들이 잘 보존되어 있다. 시내에는 형형색색의 건물들이 허름한 도시를 운치 있게 만들고 있었다. 쿠바 설탕 생산의 중심지였던 트리니다드는 19세기 말까지 무려 70개의 설탕 정제 공장이 있었다. 하지만 무분별한 사탕수수 재배와 경제 불황으로 20세기 들어 대부분의 공장이 문을 닫았고, 정권이 바뀐 후엔 완전히 버려져 수십 년 동안 방치됐다. 1950년대에 트리니다드와 외부를 연결하는 도로가 새로 건설되면서 도시에 새로운 활력이 솟아났다. 설탕 공장과 식민지 시대 건물들이 예전 모습으로 복구되면서 1998년에 도시 전체가 유네스코 세계문화유산에 등재됐다. 예전에 사탕수수를 나르던 기차는 지금 관광객을 실어 나른다. 넓게 펼쳐진 사탕수수밭에 우뚝 솟아 노예를 감시하던 탑들은 지금은 전망대로 사용되고 있다. 양꼰 해변에는 관광객들을 위한 고급 호텔이 지어져 있고 수상 레포츠를 위한 시설도 갖추고 있다.

자전거를 타고 시내에서 양꼰 해변을 오가는 길은 정말 숨 막힐 정도로 아름다웠다. 그래서 어쩌면 나는 막상 양꼰 해변이 시시했는지도 모른다. 나 자신도 일개 관광객임에도 불구하고 관광객을 위해 지어진 호화 시설과 비싼 음식들이 생경했다. 쿠바 현지인이 아닌 관광객들을 위한 화려한 시설이 불편해 바라데로를 가자는 제안을 거절했었는데 양꼰 해변에서 이 장면들을 만나니 불편한 기분이 들었다. 내가 할 수 있는 것이라곤 칵테일이 아닌 맥주 한 캔을 들고 야자수 그늘에 누워 카리브 해를 바라보는 일뿐이었다.

쿠바에 오래 있었던 것도 아닌데 연유를 뿌린 250원짜리 츄로스와 100원짜리 유기농 과일 주스가 더 친숙하다. 숙소에서 먹는 아침과 저녁이 내가 누리는 최고의 호사였다. 매일 8,000원에 불과한 돈으로 랍스터lobster 한 마리를 먹는 저녁은 항상 기다려지는 시간이었다. 트리니다드 까사에서도 개방의 모습을 엿볼 수 있었다. 숙소 주인은 3년 전부터 허가되었다는 개인용 컴퓨터 소지자였다. 숙소 앞에는 아주 작은 미용실이 있었다. 미용실이라고 할 것도 없이 의자 하나와 바리캉을 놓고 운영하고 있었지만, 개인이 운영하는 미용실이었다. 몇 해 전까지 모든 미용실을 국가에서 운영했지만, 현재는 소규모 미용실의 민간 운영을 허가했다.

광장에는 무선 인터넷을 쓰기 위해 사람들이 모여 있었다. 미국으로 이민 간 가족과 영상통화를 하는 모습이었다. 쿠바와 미국은 매년 2만 명을 추첨해 미국 이민을 허용하고 있다. 쿠바 국가 수입 중 1위는 관광이고 2위는 미국 이민자들의 송금액이다. 미국 이민은 쿠바

사람들에게 복권과도 같다. 쿠바에서 가장 오래된 모습을 고이 간직하고 있다는 트리니다드에도 변화의 물결은 서서히 밀려오고 있었다. 배급소와 채소를 파는 가판대가 함께 있는 모습이 낯설다. 변화의 물결이 찰랑이는 곳은 이 어디쯤일 테다. 너무나도 강력했던 국가의 권한이 민간으로 이양되는 것은 바람직한 현상이다. 하지만 변화를 이끄는 것은 이익을 따지는 경제 논리가 아니라 사람이어야 한다. 다음에 다시 쿠바를 찾는다면 내 마음은 실망과 희망 중 어디에서 물결이 일렁일까? 아바나로 돌아가는 고속도로. 고속도로를 달리는 마차 위 농부의 채찍질이 힘차다.

극단의 도시

멕시코시티

지킬 박사와 하이드 같다고 해야 할까? 아수라 백작이라 해야 할까? 양면성을 지닌 도시. 나에게 멕시코시티는 두 얼굴의 도시였다. 낮에는 너무나도 친절하고 순박한 사람들이 가득했던 도시가 밤이 되면 무섭고 싸늘하게 바뀐다. 멕시코시티는 인구가 2천만 명이 넘는다. 멕시코시티에는 하루 550만 대의 차량이 움직인다. 멕시코시티의 지하철은 한국의 지옥철 그 이상이다. 발을 디딜 틈은 물론 없고 전철 안에 산소가 부족해 고산병 증세가 나타날 정도다. 이렇게 인구가 많으니 당연히 다양한 사람들이 있을 수밖에 없다. 하지만 낮과 밤의 모습이 너무나 다르다. 착한 사람은 낮에만 다니고 나쁜 사람들은 밤에만 다녀야 한다는 규칙이라도 있는 듯했다. 태양은 신호등이 되어 일정한 질서를 부여하는 듯했다.

실제로 멕시코시티에서는 양극단을 이루는 모습을 많이 볼 수 있

다. 고층 빌딩과 무너져 가는 폐가가 한 공간에 있다. 광고 회사 '퍼블리시스Publicis'는 멕시코시티의 도시 모습을 공개했다. 길 하나를 사이에 두고 판자촌과 화려한 주택이 마주하고 있는 모습은 흑백 사진과 컬러 사진을 합쳐 놓은 것처럼 극명한 대조를 이룬다. 하긴 흔하게 접했던 할리우드 영화에서도 멕시코는 미국을 떠나는 이들의 파라다이스이자 범죄의 온상으로 그려지는 양면의 이미지를 지닌 국가기도 했다. 밤에는 할리우드 영화 속의 거친 도시의 모습이었다면 낮에는 어렸을 때 즐겨 봤던 멕시코 드라마 〈천사들의 합창〉처럼 사랑이 넘쳐나는 모습이었다.

멕시코시티가 위험하다는 이야기를 너무 많이 들었던 탓에 늦은 밤 공항에서 소칼로 광장으로 향하는 택시 안에서 멕시코시티의 밤을 찬찬히 훑어보았다. 멕시코시티에서 사는 친구들이 절대 밤에 돌아다니지 말라고 신신당부했다. 특히 숙소가 소칼로 광장이라면.

공항에서 소칼로 광장까지 미리 택시비를 지불하고 숙소 바로 앞에 내렸다. 내 눈은 숙소가 아닌 맞은편에서 다진 소고기 굽는 냄새가 풍겨오는 수제 햄버거 가게를 향했다. 쿠바에 3주 머무는 동안 제일 먹고 싶은 건 한국 음식이 아니었다. 소스가 듬뿍 뿌려진 패스트푸드였다.

케첩이 없는 쿠바 햄버거는 내가 먹은 최악의 햄버거였다. 쿠바에서는 소스가 귀했다. 내가 방문한 한 까사에서는 큰 케첩통을 마치 우리나라 가정집 장식장에 고급 양주를 진열하듯 자랑스럽게 장식해 놨었다.

맥도날드나 버거킹을 첫 끼로 먹겠다는 욕심을 부렸었다. 식탐에 눈먼 나는 짐을 풀고 입안에 햄버거를 가득 채우기 위해 은행까지 가는 모험을 감행했다.

근접한 두 나라지만 참 많이 달랐다. 쿠바의 밤은 안전했지만 멕시코는 위험하다. 여성들의 모습도 그렇다. 외모로만 놓고 보자면 쿠바의 가장 못생긴 젊은 여성이 멕시코에서 가장 예쁜 여성보다 아름다울 수 있겠다는 생각이 들 정도로 생김새의 편차가 심했다.

위장에 소스와 기름을 듬뿍 바르고 침대에 누웠다. 방을 같이 쓰게 될 사람들이 방문을 열고 들어온다. 두 일본인은 오는 길에 경찰에게 돈을 뜯겼다고 울상이다. 내가 듣던 바와 같았다. 멕시코시티에서는 종종 경찰이 돈을 뺏는다.

숙소에 체크인을 하면서 숙소 직원에게 멕시코식 프로레슬링인 루차 리브레Lucha Libre가 보고 싶다고 했더니 정말 재미있지만 왜소한 동양인 나에게는 추천하지 않는다고 했었다. 나도 프로레슬링과 같은 공격을 당하고 돈을 다 뺏길 거라며 경고했다.

그렇다고 해서 멕시코시티가 위험한 것만은 아니다. 밤에 위험하다고 알려진 소칼로 광장도 낮에는 활기차고 다양한 사람들의 모습들을 볼 수 있다. 소칼로 광장을 벗어나도 낮에는 참 친절하고 좋은 사람들을 자주 만날 수 있다.

시민들이 노약자와 부랑자들을 돕는 모습을 이전에 여행했던 어느 도시들보다 더 자주 마주쳤다. 옛날 국내 한 제과회사의 CM송처럼 멕시코의 치클처럼 부드럽게 말하고 껌처럼 향기롭게 웃는다. 길을 물으면 어떻게든 알려주려 애쓰며 말이 통하지 않으면 가는 길을 멈추고 직접 데려다주기도 한다.

하지만 해가 지면 도시 사람들의 얼굴이 바뀐다. 사악한 사람들이 돌아다니기 시작한다. 공원의 다람쥐도 마찬가지다. 멀리서 보면 참 귀엽지만 다가가면 사람들을 공격한다. 다람쥐 광견병을 주의하라고 외교부는 경고한다.

덕분에 나는 야경을 포기했다. 저녁에 돌아다니긴 했지만, 너무 늦지 않게 움직이기 위해 여정을 간소화해야 했다. 멕시코시티에 사는 친구들은 모두 낮에 약속을 잡았다. 그리곤 해가 지기 무섭게 헤어졌다. 여행원칙 중 하나는 위험한 행동은 절대 하지 않는다는 것이다. 특히 그 조언이 현지인들 입에서 나왔을 때는 더욱 조심해야 한다. 그래서 나에게 허락된 멕시코시티의 시간은 오직 낮이었다. 저녁 미사를 알리는 맑은 종소리가 성당에서 울리면 나는 마치 달빛 알레르기가 있는 사람처럼 숙소로 향했다.

참 아픈 도시

한라산 정상보다 높은 해발 2,240m의 고원에 위치한 멕시코시티. 14세기 초, 아즈텍 제국은 이곳에 수도 테노치티틀란을 건설했다. 테노치티틀란Tenochtitlan은 20만 명이 넘는 사람들이 거주할 정도로 거대한 도시였다. 아즈텍 제국은 주변의 속국에서 바치는 공물과 노동력으로 막강한 제국을 건설할 수 있었다. 아즈텍 민족은 원래 수렵민이었기 때문에 문화 수준이 낮았다. 그들은 주변의 여러 복속한 나라의 많은 문화를 도입하고 융합해 그 문명을 지속적으로 발전시켜 나갔다. 스페인 사람들이 이 도시에 도착했을 때 생각보다 훨씬 높은 문화 수준에 놀랐다고 전해진다.

멕시코시티는 본래 호수 속의 섬이었던 곳이다. 이름도 '달의 호수의 도시'라는 뜻이다. 아즈텍 제국이 처음 테노치티틀란을 세울 때 텍스코코Texcoco 호수를 매립했다. 작은 섬을 호수 위에 쌓아 올려 농사를 짓고 가축을 키웠다. 16세기 멕시코를 점령한 스페인군은 신전을 부수고 추가적으로 호수를 메운 뒤 새로운 도시를 건설했다.

적은 친구의 모습을 하고 나타난다

1518년 베라크루스 해안에 도착한 스페인의 정복자 에르난 코르테스Hernán Cortés는 500여 명의 병사를 이끌고 내륙을 정복하기 시작했다. 그는 주변 국가들을 포섭해가며 군대를 불려나갔다. 그리고 그들과 함께 수도로 들어섰다. 황제 몬테주마 2세는 전통에 따라 그들을 환영하는 축제를 준비했고, 많은 황금을 선물로 주었다. 게다가 이들은 코르테스를 신으로 생각했다. 그들의 신앙에 따르면 신은 수염이 많은 하얀 얼굴을 하고 있으며, 태양이 뜨는 동쪽에서 온다고 믿어왔다. 아즈텍 문명의 믿음과 코르테스의 등장이 공교롭게 맞아떨어졌다.

코르테스의 병사들은 축제를 벌이기 위해 사원에 모여든 아즈텍의 지도층을 몰살시키고 황금을 노략질했다. 그들의 무기와 화약 그리고 병균에 속절없이 무너졌다. 1521년 코르테스는 고대 아즈텍의 수도 테노치티틀란을 정복한 뒤, '누에바 에스파냐Nueva España, 새로운 스페인'라 칭했다. 스페인 군대를 신의 사자로 착각했던 아즈텍 제국은 멸망했고, 테노치티틀란은 가톨릭을 믿는 멕시코시티로 바뀌었다.

숙소를 나오니 소칼로 광장에는 거대한 멕시코 국기가 휘날리고 있었다. 그리고 빗방울도 휘날리고 있었다. 세계에서 가장 큰 광장 중 하나인 소칼로 광장에는 멕시코의 역사가 응축되어 있다. 대통령궁, 메트로폴리탄 대성당, 시청사, 아즈텍 제국의 중앙 신전 터로 둘러싸

인 소칼로 주변은 센트로 히스토리코라 불리는 역사지구다.

광장을 바라보고 있는 메트로폴리탄 대성당은 라틴아메리카 최대 규모의 성당이다. 과거 아즈텍 제국의 신전을 파괴한 자리에 성당이 들어서며 스페인 식민 지배가 시작됐다. 내가 방문한 날에는 인생을 시작하는 어린아이들을 축복하기 위한 세례식이 열리고 있었다. 마리아치 밴드가 교회의 음악을 연주하고 있었고, 성당 주변에는 깃털 장식을 한 복장을 입고 아즈텍 시절의 춤을 추는 사람들이 있었다. 궁전에는 멕시코를 대표하는 화가가 정부의 지원을 받아 그린 벽화가 있다. 아즈텍 제국의 모습과 스페인 군대의 잔혹한 침략 장면, 그리고 멕시코 혁명의 역사까지 멕시코의 핏빛 서린 역사가 고스란히 담겨 있다.

멕시코시티의 중앙을 가로지르는 레포르마 대로Paseo de la Reforma에도 스페인의 과거와 현재의 모습이 길게 펼쳐져 있다. 이 도로의 끝에는 차풀테펙 공원이 있다. 인류학 박물관으로는 세계 최대 규모인 국립 인류학박물관에는 인류 문명의 방대한 역사가 전시되어 있다. 쿠아우테목 동상부터 멕시코 독립을 기념하기 위해 황금으로 지어진 앙헬 기념탑까지 이 거리는 멕시코시티를 관통하며 멕시코의 험난했던 역사를 잇고 있다. 아즈텍 제국의 제11대 황제인 쿠아우테목은 '독수리의 후손'이라는 뜻이다. 1502년 태어난 그는 1520년 18세의 어린 나이에 황제의 자리에 올랐다. 하지만 기구하게도 다음 해에 그의 제국은 스페인 군대에 함락당했다. 아즈텍 보물이 숨겨진 곳을 밝히라는 고문을 당했지만, 그는 끝내 입을 열지 않았다. 동상 뒤편에서는 최후의 황제가 받아야 했던 고문의 갖가지 장면들이 기록되어 있다. 그리고 황금의 천사상이 거대한 기둥 위에서 멕시코시티를 내려다보고 있다. 멕시코 독립전쟁 개시의 100주년을 기념하기 위해 세워진 앙헬El Ángel 아래에는 멕시코의 문화대로 15살 성년이 된 날을 기념하기 위해 부잣집 아이들이 화려한 드레스를 차려입고 친구들과 사진을 찍고 있었다. 그들이 빌린 리무진 뒤편으로 허름한 옷을 입은 학생들이 지나간다. 천사가 있는 천국은 부에 의해 결정되는 듯해 마음이 불편했다. 그리고 그 천사 상을 위협하듯 에워싸는 고층 빌딩은 멕시코의 발전을 보여주기보다는 멕시코의 아픔과 슬픔을 숨기기 위해 철저하게 가리고 있는 듯했다.

지리멸렬한 고통을 숭고한 예술로 탄생시킨 작가, 프리다 칼로

이만큼 비참한 인생을 살아낸 사람이 또 있을까? 그 혹독했던 삶을 이렇게 멋지게 견뎌낸 인생이 또 있을까? 쉴 틈 없이 밀려오는 잔인한 고통을 오롯이 받아들여 삶의 불행을 예술의 동력으로 삼은 화가다. 그녀의 삶은 책과 영화로도 우리에게 소개되어 있다.

그녀는 여섯 살에 소아마비에 걸렸다. 그 후유증으로 오른 다리를 절었다. 친구들의 놀림을 견디며 씩씩하게 자라가던 소녀는 18살이 되었고 큰 사고를 당한다. 타고 가던 버스가 전차와 추돌하면서 그녀는 골반이 3군데, 왼쪽 다리는 11군데가 부러졌다. 대퇴골과 갈비뼈도 골절됐고, 절던 오른쪽 발은 완전히 으스러졌다. 버스의 창틀이 그녀의 배를 뚫고 자궁을 관통했다. 이런 비참한 사고에도 그녀는 살아남았다. 오히려 그때 죽는 게 다행으로 생각될 정도로 그녀의 삶은 처참해졌다. 붓을 잡는 것마저 힘들어졌지만, 그녀는 씩씩하게 예술 활동을 계속 이어간다.

그러다 그녀는 또 다른 사고를 당하게 된다. 흔히 사랑은 교통사고처럼 찾아온다고 이야기한다. 이는 사랑이 급작스럽게 찾아오는 우연이라는 점을 표현하지만, 그녀의 사랑은 교통사고처럼 그녀의 삶을 잔인하게 파괴했다. 그녀의 사랑은 그녀를 더욱 외롭고 한에 사무치게 만들었다. 그 주인공은 멕시코 예술계의 거장이자 멕시코 혁명으로 러시아 혁명에까지 영향을 미친 디에고 리베라다. 스무 살이 넘는 나이 차이를 극복하고 그들은 부부가 된다. 시대를 뒤흔들었던 이들의 사랑은 아름답지 못했다. 식당에서 저녁시간에 나오는 막장드라마를 넘어서는 치정이다. 정확히 이야기하면 디에고 리베라의 사랑은 추하기 이를 데 없었다. 하지만 그를 평생 사랑했던, 아니 사랑할 수밖에 없었던 그녀의 사랑은 비참함을 넘어 숭고하기까지 하다.

디에고 리베라는 결혼 이후에도 수많은 여자들과 관계를 맺었다. 심지어 그의 처제이자 그녀의 여동생과도 성관계를 맺었다. 그의 병적

인 여성편력을 견디다 못해 이혼했지만 결국 재혼했다. 재혼하면서 둘은 서로 육체적 관계를 맺지 않으며 디에고의 자유로운 성관계는 인정하는 불공정한 계약을 맺었다.

그녀는 자신의 인생에서 두 번의 사고를 당했다고 말했다. 하나는 교통사고, 다른 하나는 디에고를 만난 것이라고. "나는 너하곤 살 수 없어. 하지만 너 없이도 살 수 없어." 라고 말할 만큼 프리다는 디에고를 끔찍하게 사랑했다. 그녀가 받은 상처와 고통도 그녀의 사랑을 막을 수 없었다. 혹독한 외로움을 견뎌내며 그의 사랑을 갈구하며 그녀는 예술혼을 불태웠다. 자신의 감정을 잘 표현할 수 있는 모델이 바로 자신이었고, 그녀의 작품 대부분이 자화상이다. 그녀가 감내해야 했던 정신적인 고통과 육체적인 고통은 그녀의 작품을 아우르는 주제가 되었다. 죽기 전, 그녀는 일기의 마지막 장에 이렇게 기록했다.

"이 외출이 행복하기를, 그리고 다시는 돌아오지 않기를."

현재 그녀의 '파란 집La Casa Azul'은 박물관이 되었다. 그녀의 작품들은 대부분 다른 곳으로 옮겨졌지만, 그녀의 외로움과 고통이 가득 담겨있는 공간에서 나는 상처를 어떻게 품고 있는지 그 고통을 어떻게 표출하고 표현하고 있는지 생각했다. '나는 왜 그녀처럼 마음의 괴로움을 예술로 승화시키지 못하는가?'라는 주제넘는 자책을 하지 않았다. 그녀도 자꾸 깊이 사무치는 괴로움으로 마음의 멍이 지워질 날이 없었을 게다. 그래서 그림으로 표현하지 못하면 살아갈 수 없었을지도 모른다.

영혼의 성장은 결국 내면의 침잠을 통해 이루어진다. 어차피 삶은 시련과 고통의 연속이라면 내면의 상처를 어떻게 다루느냐가 인생을 결정하는지도 모른다. 삶이 주는 고통을 무조건 나쁘게만 여겨 피하기보다는 그 상처를 온전히 받아들여 그 고통을 내면의 언어로 풀어내 표현하는 작업은 예술의 영역만이 아니다. 삶의 영역이고 예술은 삶의 일부이기 때문이다. 그녀의 파란 집은 이렇게 발하는 듯했다. 고통만이 가득한 삶도 불행하지만, 고통이 없는 삶은 더 비참하다고. 그녀의 정신과 육체를 감쌌던 시퍼런 멍은 그녀의 삶을 통해 피어난 아름다운 파란 빛을 띠며 그녀의 공간을 가득 채우고 있었다.

불행한 역사의 지겨운 반복

우리는 삶의 고통을 이겨내려 부단히 노력하며 산다. 하지만 불행은 그 탈을 바꿔 쓰고 나타나 지독하게 우리를 괴롭힌다. 작은 성공은 잦은 실패를 필요로 한다. 수없는 좌절과 희생을 통해 우리는 짧은 기쁨을 누린다. 불행이 그 탈을 바꿔 쓰는 동안 잠시 누리는 희망을 동력 삼아 우리는 불나방처럼 불행 속으로 기꺼이 뛰어든다.

멕시코 민중의 역사가 그렇다. 민중은 투쟁과 희생으로 저항하고 있지만, 지도자의 얼굴만 바뀌었을 뿐 능욕의 역사는 크게 바뀌지 않았다.

테오티우아칸

테오티우아칸으로 가기 위해 아침 일찍 북부 터미널로 향했다. 터미널 근처의 모습은 복잡하면서도 황망스럽다. 버스를 타고 외곽으로 벗어날수록 마을은 점점 더 허름해진다. 땅값이 비싼 시내에서 벗어나 외곽에 촘촘히 터를 잡은 사람들의 모습이 사진 속에서 봤던 멕시코 야경의 불빛이다. 어둠에 가려졌던 도시의 벌거벗은 모습은 참 민망하고 초라했다.

'신이 되는 곳'이란 의미를 지닌 테오티우아칸은 아즈텍 제국 이전의 톨텍Toltec 족이 지난 11세기에 처음 발견했다. 이 도시가 멸망한 지 600여 년이 지난 시점이었다. '테오티우아칸'이라는 이름도 훗날 아즈텍인들에 의해 붙여졌다. 기원전 2세기경 도시 건설을 시작했고, 기원후紀元後 4세기부터 7세기 사이에 전성기를 맞았다. 전성기 인구는 대략 12만 명에서 20만 명으로 추정된다. 테오티우아칸은 광범위한 교역을 통해 경제력을 축적하고, 강력한 군사력을 보유해 중미 전역에 세력을 떨쳤던 것으로 보인다.

테오티우아칸은 초기부터 정교하고 치밀한 구상 하에 건설됐다. 종교적인 상징성이 짙게 묻어있다. '죽은 자의 길'이 도시 전체를 관통하고 있다. 이 길은 폭이 40~100m, 길이가 5.5km나 된다. 이 길 좌우로 많은 석조 구조물, 피라미드와 사원, 광장, 주택 등이 건설되었고 그 끝에 사람의 심장과 피를 바쳤던 달의 피라미드가 우뚝 서 있다. 신이 지나다니던 통로로 여긴 '죽은 자의 길Calz de los Muertos'은 지금 2.5km 정도 복원되어 테오티우아칸의 주요 유적을 연결한다.

이 고대 도시는 약 1,000년의 번영을 뒤로한 채 전성기가 조금 지난 8세기경 홀연히 자취를 감췄다. 같은 시대에 번성했던 로마와 필적하는 규모였지만 이 도시를 세운 부족이 누구인지 어떤 언어를 사용했는지 아무도 모른다. 20만 명에 달하던 인구가 하루아침에 사라진 이유도 여전히 밝혀지지 못했다. 톨텍과 아즈텍 제국은 이곳에 신이 거주했다고 믿었다. 우직하게 솟아 있는 태양의 피라미드Pirámide de el Sol를 비롯해 달의 피라미드Pirámide de la Luna, 케찰코아틀 신전Templo de Quetzalcóatl 등 이곳에 펼쳐진 수많은 신전의 이름은 모두 그들의 추측을 바탕으로 붙인 것이다.

아즈텍인들은 당시 세상은 4번의 창조 활동이 있었고 각 세상마다

고유한 태양이 있다고 믿었다. 4개의 태양은 흥망의 역사 속에 그들의 세상과 함께 사라졌고, 자신들은 5번째 태양의 세상에서 살고 있다고 생각했다. 그 태양이 사멸하는 것을 막고 제국의 번영을 지속적으로 유지하기 위해서는 인신공양人身供養을 행했다. 즉, 세계의 본질인 허무의 암흑과 싸우는 태양에게 인간의 피와 심장을 바쳐 영원히 아즈텍 제국을 지속시키려고 했다.

강력한 군사력을 바탕으로 주변 국가의 사람들을 포로로 잡았다. 이 전쟁을 '꽃의 전쟁'으로 부르면서 해마다 2만 명가량의 포로의 가슴을 가르고 아직 살아 움직이는 심장을 제물로 바쳤다. 고대의 인신공희는 다른 지역에서는 사라지거나 동물의 피를 바치는 것으로 대체되었으나, 이곳에서는 오래도록 유지되었다. 16세기 에스파냐가 점령한 뒤에야 이 의식이 사라졌다. 피라미드 축조술을 비롯한 문화적 전통만이 마야인에게 전해져 그 생명을 조금 더 연장했을 뿐이다.

아침 일찍 서두른 덕분에 많은 인파를 피해 피라미드에 오를 수 있었다. 인간을 제물로 바쳐 제사를 지내던 달의 피라미드에서 힘겹게 올랐던 태양의 피라미드를 바라봤다. 경사가 45도에 이르는 248개의 가파른 돌계단을 줄지어 엉금엉금 기어오르는 사람들이 보인다. 태양의 피라미드는 아메리카 대륙에서 발견된 파라미드 유적 중 가장 크고, 세계 3번째 규모다. 약 250만 톤의 돌과 흙으로 가로 225m, 세로 222m, 높이 66m의 크기의 피라미드를 건설했다. 피라미드에 직접 오를 수 있는 희귀한 피라미드다. 그래서 이곳을 찾는 사람들은 뜨겁게 달궈진 돌계단을 힘겹게 오르며 따가운 태양과 점점 가까워진다. 개미처럼 작게 보이는 사람들의 긴 줄을 보고 있자니 유적지가 더 거대하게 느껴진다. 저렇게 작고 미약한 사람들의 욕망이 얼마나 거대한지를 테오티우아칸의 유적지는 증명해 보이는 듯했다. 세계 곳곳에 떨어져 있는 피라미드들은 모두 다르다. 마야문명의 치첸이트사의 피라미드, 이집트의 피라미드와도 차이가 있다. 그럼에도 지배자의 거대한 욕망과 무고한 사람들의 방대한 희생은 모든 피라미드에 서려 있다. 다량의 시신이 발견되어 인신공희human sacrifice, 人身供犧의 현장으로 추정되는 달의 피라미드에서 바라보는 테오티우아칸의 모습이 내 가슴을 먹먹하게 만드는 것도 이 때문일 테다.

과달루페 대성당

자신의 제국을 유지하기 위해 잔인한 정복을 멈추지 않았던 아즈텍 제국은 가해자에서 피해자가 되었다. 그들이 제물祭物을 획득하며 쌓아 올린 재물財物은 스페인 정복군의 탐욕을 자극했고, 무자비한 살육으로 그들은 역사 속으로 사라졌다. 종교는 가톨릭으로 대체되었다. 그 역사의 현장이 과달루페 대성당이다.

1531년 12월 9일, 멕시코시티의 작은 언덕 테페약에 성모 마리아는 승천 이후 최초로 인류 앞에 그 모습을 드러냈다. 프랑스 루르드와 포르투갈 파티마보다 300~400년 앞서 가난한 농부 후안 디에고 앞에 나타났다. 역사상 과달루페 성모 발현만큼 파장이 컸던 발현은 없다. 태양신을 비롯해 다양한 신을 숭배하던 아즈텍인 800만 명이 발현 7년 만에 거의 전부 가톨릭으로 개종했다.

1531년 12월 9일 이른 아침, 후안 디에고는 평소처럼 미사에 참여하기 위해 오른 테페약 언덕 꼭대기에서 성모 마리아를 만난다. 이 여인은 그에게 자신을 자비의 어머니라고 소개한 뒤 이곳에 성당을 지으라고 명한다. 디에고는 주교에게 이 사실을 전달했다. 스페인 출신의 멕시코 초대 주교인 후안 데 마라가는 믿지 않았다. 증거를 갖고 오라 말했다. 디에고는 성모를 다시 찾아갔고, 성모가 시키는 대로 형형색색의 장미꽃을 따서 자신의 틸마인디오들의 긴 망토에 담아서 주교를 다시 찾아갔다.

디에고가 망토를 펼쳐 보이자 주교는 깜짝 놀랐다. 갈색 피부의 원주민 처녀 형상이 틸마에 선명하게 나타났기 때문이다. 당시 성모는 고대 아즈텍인들의 언어인 나와뜰Nahuatl어로 말했다. 주된 메시지는 "너희 어머니인 내가 여기에 있지 않으냐. 나는 너희가 겪는 고난과 내가 명한 일을 이루기 위해 겪는 노고를 경사가 되게 할 것이다."였다. 당시 인디오들은 정복자들의 잔혹한 탐욕에 고통스럽게 시달리고 있었다. 성모는 스페인 코르테스 군대가 아즈텍 영토에 발을 들여놓은 지 꼭 10년 만에 발현했다.

과달루페의 뜻은 '테 콰틀라소페우Te Quatlaxopeuh', 즉 '돌뱀을 쳐부수다'라는 성모의 말을 잘못 알아들었다는 학설이 정설이다. 돌뱀은 아즈텍인들이 섬기던 날개 돋친 뱀케찰코아틀을 말한다. 태양이 머리 위로 치솟는 춘분과 추분에 테오티우아칸의 피라미드에는 이 뱀의 모습이 그림자로 나타난다. 케찰코아틀 신전도 테오티우아칸에 아직 남아있다.

하지만 과학자들은 이에 의심의 눈길을 보냈다. 정복자들이 인디오들의 개종을 유도하기 위해 꾸며냈다고 생각했다. 가톨릭의 전파를 위해서 토착 신앙의 일부를 차용하여 거부감을 줄이는 전도 기법인 싱크레티즘Syncretism이라 주장했다. 성모 마리아가 기존의 관념과는 달리 이곳에서는 갈색 피부와 작은 키를 가졌다. 디에고의 망토에 새겨진 성모의 키는 145㎝, 피부는 거무스름한 황갈색, 머리카락은 검은색이다. 성모 마리아가 나타난 테페약 언덕은 아즈텍 문명이 섬겼던 풍요의 여신인 '토난친'이 모셔진 장소다. 당시 토착민들은 토난친이 마리아로 다시 태어났다고 생각했다.

하지만 가톨릭은 이 과정이 스페인어가 아니라 인디오들의 언어로 기록됐다는 점을 들어 반박했다. 그리고 교회는 발현을 즉시 인정하지 않고 한참 시간이 흘러서야 공인한 점도 강조했다.

결국, 1979년 과학적인 조사를 시작한 미국 과학자들은 "인간의 손으로 그린 그림이 아니다. 도료나 붓질 흔적이 전혀 없다."는 결론을 내렸다. 과학자들은 특히 성모의 눈을 우주광학 기술로 2,500배 확대해 보면 홍채와 동공에 동일 인물들이 비쳐 보인다고 증언했다. 디에고가 망토를 펼쳤던 순간과 몇몇 인디오 가족들의 모습이 담겨있다고 밝혔다. 500년 가까운 세월이 흘렀지만 성모 형상의 섬유조직과 형태, 색감에는 변함이 없다.

과달루페 대성당에는 미사가 행해지고 있었고, 갈색 성모 마리아의 모습도 구경할 수 있었다. 하지만 가장 나의 눈길을 끄는 것은 침하현상이 일어나는 모습이었다. 호수를 메운 약한 지반으로 인해 건물이 기울고 있었다. 약한 토대 위에 지어진 거대한 도시는 뒤틀리고 가라앉고 있었다. 강한 문명도 결국 흥망성쇠의 공식에 자유로울 수는 없다.

문명도 결국은 나약한 인간이 쌓아 올린 결과물인 탓일까? 인간은 세월 앞에 결국 허망해지고 초라해진다. 아직 갈색 성모 마리아가 약속했던 노고가 경사되는 기적은 진행 중이라고 믿고 싶었지만, 눈에 보이지 않는 약속은 아직 너무 멀었고 눈에 보이는 가혹한 현실은 너무 가까웠다. 일부 사람들의 믿음처럼 성모 마리아든 토난친이든 어쩌면 크게 중요하지 않다. 신의 따뜻한 위로가 이곳의 사람들에게 전달되기만을 바랄 뿐이었다.

멕시코 혁명

1821년 에스파냐로부터 독립한 이후에도 멕시코는 다른 라틴아메리카 국가와 같이 제국주의의 시련에 계속 허덕였다. 정치적으로는 독립하였으나 경제적으로는 여전히 강대국에 종속되었다. 주체가 유럽에서 미국으로 바뀌었을 뿐이었다. 제국주의는 비인간적인 폭력과 살육에서 은밀하고 체계적인 강탈과 착취로 그 방법을 교묘하게 바꾸었다.

외세에 대응하는 내부 지도자의 무능과 부정부패도 크게 한몫했다. 불안정한 정치와 낙후된 경제로 국가의 존립 자체가 불투명한 상태였다. 무려 36명의 왕과 대통령이 바뀌었다. 산타 안나 대통령이 미국과의 전쟁에서 포로로 잡히면서 멕시코 영토였던 텍사스 땅을 미국에 넘겼다. 1848년 미국과 '과탈루페 – 이달고 평화조약'을 체결해야 했다. 영토의 55%인 240만 ㎢를 미국에 빼앗겼다. 텍사스는 물론 캘리포니아, 네바다, 유타, 뉴멕시코, 애리조나 주의 전부와 와이오밍, 콜로라도, 캔자스, 오클라호마 주의 일부가 미국에 포함됐다. 리오그란데 강이 멕시코와 미국의 새로운 국경선이 되었다.

멕시코는 스페인으로 독립한 지 불과 30년도 지나지 않아 국토의 절반 이상을 미국에 넘겨줘야 했다. 미국은 땅을 강제로 빼앗은 것이 아니라는 명분이 필요했다. 빼앗은 땅의 대가로 멕시코에게 1,500만 달러를 지불하고 멕시코의 대미부채인 325만 달러를 탕감해주었다. 이후, 서부에서는 엄청난 양의 금이 발견되어 '골드 러쉬'라는 서부 개척 사업의 서막이 열렸고 남부에서는 석유가 쏟아졌다. 텍사스유는 지금도 석유거래의 지표가 되고 있으며 세계 굴지의 석유회사들이 텍사스 주에 본사를 두고 있다. 오늘날에도 많은 미국인들은 이 땅을 정당하게 돈을 지불하고 샀다고 믿고 있다.

텅 빈 국고와 엄청난 외채, 식민지 시절의 기술과 도구에 의존하는 낙후된 산업이 당시 멕시코의 경제를 대표했고, 그럴싸한 도로와 철도망도 전혀 없었다. 사회적 갈등 또한 심화되었다. 독립을 주도한 크리오요Criollo들은 메스티소와 인디오, 흑인들을 지배할 수 있는 권한을 포기하지 않았다. 이민 온 백인이 누리는 특권도 점차 강화됐다. 대농장을 소유한 지방의 유력자인 카우디요들은 이 농민과 노동자 계층을 사적으로 지배하면서 세력을 모으고, 군사력을 내세워 정치에 개입했다.

1876년, 포르피리오 디아스José de la Cruz Porfirio Díaz Mori가 쿠데타로 정권을 잡았다. 그는 철도망을 갖추고, 각종 산업시설을 건설하기 시작했다. 어느새 멕시코는 원면수입국가에서 수출국가로 탈바꿈했고, 석유개발도 활발히 이루어졌다. 하지만 문제는 막대한 외국 자본을 끌어들이면서 국가부채가 더욱 비대해졌으며 이 모든 국가 주요 산업이 외국의 소유였다는 점이다.

디아스는 카우디요들과 결탁하여 그들의 이권을 강화하는 정책을 펼쳤다. 디아스는 이를 '농촌의 근대화'라는 이름으로 포장했다. 농민들이 공동으로 소유하고 있는 공유지들을 소수 지주들의 사유지로 바꿨다. 디아스의 통치 시기 동안 멕시코의 농경지는 98%가 소수의 지주 혹은 기업이 소유하는 '아시엔다Hacienda'라는 이름의 대농장으로 변모했다. 농민들이 멕시코 인구의 80%를 차지하고 있는데도 농민의 90%는 토지를 소유하지 못했다.

카를로스 푸엔테스의 『라틴아메리카의 역사』에 의하면 1910년 멕시코 영토의 22%가 미국의 소유였다. 그리고 디아스는 미국과 유럽의 경제 논리에 따라 비교우위에 있는 일부 제품만 생산하고 수출하는 정책을 폈다. 이런 수출 체제는 가격 변동에 민감하고 수입국의 수요에 철저히 종속된다는 약점이 있다. 게다가 수출 작물을 생산하기 위해 대농장이 만들어지면서, 농민들이 몰락하고 빈부 격차가 엄청나게 커지게 되었다. 이에 불만을 품은 농민들은 수시로 저항했지만, 디아스의 군사정권은 무력으로 강하게 짓밟았다. 무능한 카우디요의 지배와 짧은 개혁, 외세의 개입, 장기간의 독재가 연이어졌던 멕시코의 사정은 근본적으로 독립 이전과 달라진 게 없었다.

1876년부터 1911년까지 무려 30년 이상 독재를 꾸려온 디아스 체제에 반기를 든 사람은 프란시스코 마데로Francisco Ignacio Madero González였다. 마데로는 1910년, '산 루이스 포토시 계획Plan de la San Luis Potosí'을 발표한다. 이는 혁명의 기폭제가 되었다.

이 혁명으로 멕시코 북부에서는 '판초 비야Pancho Villa; 본래 이름 José Doroteo Arango Arámbula', 남부에서는 에밀리아노 사파타Emiliano Zapata Salazar가 혁명 지도자로 등장했다.

혁명군은 1911년, 연방군을 물리치고 마데로를 대통령으로 선출했다. 하지만 예상과 달리 마데로는 소극적인 자세로 개혁에 임한다. 사파타를 시작으로 마데로의 정책에 실망한 사람들이 모여 투쟁을 시작했다. 결국, 1913년 2월 마데로는 자신의 국방장관이었던 빅토리아노 우에르타Victoriano Huerta에게 살해당한다.

이때, 북부 코아우일라 주의 주지사 베누스티아노 카란사Venustiano Carranza가 나타났다. 그는 우선 분열된 혁명군을 결집하고자 과달루페 선언을 발표했다. 판초 비야와 사파타는 다시금 힘을 합쳐 카란사를 도우려 각 지방에서 우에르타의 군을 몰아내는 투쟁에 나선다. 마침내 카란사가 멕시코시티에 입성하면서, 우에르타는 대통령에서 물러나고 1917년 카란사가 대통령에 취임하게 된다. 하지만 비야와 사파타도 카란사에게 배신을 당하게 된다. 이들은 지지세력이 달랐다. 카란사를 지지하는 세력은 지식인들과 지주계층이었다. 그래서 그는 강력한 중앙집권적 국가를 만들고 싶어했다. 반면, 비야와 사파타는 농민과 노동자들에게 토지를 분배하고 농촌 공동체의 회복과 자치를 지향했다. 사파타가 카란사 정부의 음모로 암살당했다. 카란사 역시 자신의 측근이었던 오브레곤에게 배신당하고 암살당했다. 마지막으로 남은 비야 역시 정부군의 사주를 받은 이름 모를 자들에게 암살을 당하고 만다.

멕시코 혁명은 어쩌면 패배자들의 혁명이다. 혁명은 뜨겁게 패배했다. 혁명의 주체들은 뜨거웠고 그들의 리더는 역사 속으로 사라졌다. 그들의 삶도 달라진 게 없었다. 여전히 음침하고 고통뿐인 삶에서 그 불씨를 힘겹게 살려내고 있었다. 혁명 당시 자신들을 바퀴벌레라 칭하며 부른 민중가요가 우리도 잘 아는 '라쿠카라차'다. '라쿠카라차La cucaracha'의 뜻은 '바퀴벌레'다. 바퀴벌레와 같은 취급을 받으며 살지만 죽지 않고 끊임없이 나타나는 바퀴벌레를 혁명의 끈기와 지속성의 상징으로 삼아 노래로 담아냈다. 다양한 가사를 덧붙이며 많은 버전의 '라쿠카라차'를 탄생시켰다.

La cucaracha, la cucaracha 바퀴벌레, 바퀴벌레,
ya no puede caminar 더 이상 걸을 수가 없네

porque no tiene, porque le falta 왜냐하면, 더 이상
un cigarro que fumar 피울 담배 한 개비도 없기 때문에

Todo se ha puesto muy caro 이 혁명 중에
con esta Revolución, 모든 것들이 다 비싸졌어

venden la leche por onzas 우유도 찔끔찔끔
y por gramos el carbón 석탄도 몇 그램밖에는 팔지를 않아

Con las barbas de Carranza 카란사의 턱수염으로
voy a hacer una boquilla 장식을 만들러 쫓아가야겠어

pa' ponerla en el sombrero 위대하신 판초 비야의
del famoso Pancho Villa 모자에 씌울 장식을 말이야

En el norte vive Villa 북쪽에는 비야가 살아있고
en el sur vive Zapata 남쪽에는 사파타가 살아있지

lo que quiero es venganza 내가 원하는 것은 바로
por la muerte de Madero 마데로의 죽음에 대해 복수하는 것

– 라쿠카라차〈La cucaracha〉

멕시코시티에서는 노점 식당에서 끼니를 해결하며 공연할 무대를 애타게 찾는 마리아치 밴드가 이 노래를 자주 부른다. '마리아치'는 멕시코의 전통 기악합주단으로 멕시코의 상징이다. 가리발디 광장Plaza de Garibaldi에서 그들의 공연을 만날 수 있다.

전통 의상을 입은 4명 정도의 연주자들이 관악기와 현악기를 연주하는 그들의 음악은 때론 흥겹기도 때론 슬프기도 하다. 다양한 주제를 노래한다. 그들의 역사, 나라, 사랑, 그리움을 표현한다. 밴드마다 생김새도 악기 구성도 다르다. 하지만 그들의 분위기는 많이 닮았다. 화려한 '차로' 복장과는 달리 참 애잔했다.

따뜻한 혁명의 도시

산크리스토발 라스 카사스

아직까지 혁명이 이어지고 있는 곳인 치아파스 지역에 위치한 산크리스토발 라스 카사스. 사파타의 혁명정신을 계승한 사파시스타들의 거주지다. 아직도 멕시코에서 가장 가난한 지역이다. 혁명의 정신이 잘못된 탓이 아니다. 반정부 운동을 하는 탓에 정부의 정책에서 항상 소외되어 왔기 때문이다.

사파시스타는 1994년 1월 1일 출범했다. 이날은 북아메리카 자유무역협정 NAFTA가 발효되는 날이었다. 사파시스타는 이 협정이 멕시코 민중의 삶을 더욱 힘들게 할 거라고 예측하고 강하게 저항했다. 그들의 예상대로 NAFTA 이후 멕시코 국민들의 삶은 더욱 피폐해졌다. 이름에서도 알 수 있듯이 멕시코의 혁명 당시 남부 해방군의 사령관이었던 에밀리아노 사파타의 정신을 계승했다. 사파타는 권력을 포기하고 고향으로 돌아가 대지주 농장을 해체하고 그 땅을 원래 주인이었던 농부들에게 되돌려주고 농촌 공동체를 건설했다. 그가 살해된 이후에도 그가 건설했던 작은 세상은 사람들의 마음에 남아 다시 한 번 그 세상을 구현해보고자 사파시스타가 탄생했다. 사파타의 이런 행보는 체 게바라와 어느 정도 닮아있다. 그래서 치아파스에서는 에밀리아노 사파타와 체 게바라 그리고 사파시스타의 지도자인 마르코스의 얼굴을 쉽게 만날 수 있다.

자본과 권력이 민중을 수탈하는 기법이 정교해진 만큼 혁명의 방법도 진화했다. 마르코스는 "우리의 무기는 총과 칼이 아니라 언어다."라고 말했다. 그들은 인터넷을 이용해서 자신들의 주장을 전파했고, 전 세계의 사람들에게 지지를 호소했다. 이로써 많은 사람들의 관심을 받았다. 『뉴욕타임즈』는 최초의 포스트 모더니즘 혁명이라고 평하기도 했다. 사파시스타는 토지의 균등한 분배, 그리고 치아파스에서 나오는 많은 천연자원들로 나오는 이익을 치아파스를 위해 쓰이는 공정한 정책을 주장한다. 가장 천연자원이 많은 지역이 가장 가난한 아이러니한 상황을 타계하고자 아직도 투쟁을 멈추지 않고 있나. 사파시스타들은 사진으로만 보면 복면과 총을 든 모습이 무장조직 같다. 하지만 전투 의지가 없다. 평화행진을 하면서 수도인 멕시코시티까지 진입한 이후에는 마르코스는 힘없는 농부들이 자립할 수 있는 환경을 만들어 달라는 연설만 하고 다시 라칸돈 정글로 들어갔다. 복면을 언제 벗을 거냐는 물음에 멕시코가 가면을 벗으면 벗겠다는 대답으로 혁명의 의지를 이어나가고 있다.

멕시코시티에서는 타코와 퀘사디아와 같은 멕시코 서민음식으로 끼니를 해결했다면 이곳에서는 커피와 초콜릿으로 배를 채웠다. 이곳은 마을 공동체에서 수확하는 커피와 카카오가 주요 산물이다. 그 품질이 우수함에도 다른 라틴아메리카 국가와 달리 범국가적 차원의 마케팅을 하지 않기 때문에 많이 알려지지 않았다. 내가 쓰이는 돈이 공정하게 마을 생산자에게 돌아가는 이곳에서 돈을 아낄 이유가 없었다.

마을 곳곳에 묻어 있는 빈곤의 모습들은 가난한 여행자를 손 큰 맏며느리로 만들었다. 간이 의자를 왼쪽 어깨에, 구두 약통을 오른쪽 어깨에 걸치고 당당하게 여행자 거리 한가운데를 걷는 꼬마들. 도로 구석에 앉아 초라한 가판 뒤에서 바느질하는 아낙네와 그 옆에서 떼쓰는 아이들. 아기를 포대에 싸서 한쪽 어깨에 위태하게 들쳐 매고 빵을 파는 여인들. 늙은 엄마와 다 큰딸이 구워진 옥수수를 팔며 수다를 떠는 모습들은 그들의 초라한 행색에도 불구하고 정겹게 다가왔다.

치아파스 지역은 위험한 곳으로 알려져 있지만 산크리스토발 라스카사스는 멕시코의 어느 도시보다 안전하고 친절했다. 자주 들렀던 식당 주인도, 카페의 바리스타도, 성당에서 미사를 드리는 주민들도 항상 나를 먼저 알아보고 인사를 건넸다. 혁명의 비장함과 강렬함 대신 따뜻함과 소박함으로 다가온 도시는 멕시코가 결국 가야 할 미래의 단면을 보여주는 듯했다.

세노테
그리고 치첸이트사

중미 멕시코의 유카탄 반도와 과테말라의 페텐 등 마야 문명 지역에는 석회암 암반이 함몰되어 지하수가 흘러나온 깊이 5~40m에 달하는 천연샘이 있다. 이것을 세노테라고 한다. 세노테는 유카테코 – 마야어의 초노트tz'onot에서 유래한 스페인어다.

세노테가 마야 문명을 탄생시켰다고 해도 과언이 아니다. 마야 문명은 세노테를 중심으로 자신의 문명을 확장시켜 나갔다. 유카타 반도의 중심도시인 메리다 주변에 유명한 세노테들이 즐비하다. 세노테는 수원水源으로서뿐만 아니라 종교의식에서도 중요한 역할을 한다. 세계 7대 불가사의 중 하나인 치첸이트사도 세노테 주변에 세워졌다. 밤과 낮의 길이가 같아지는 춘분과 추분에 꾸클칸의 계단에는 뱀의 형상이 나타난다. 그 뱀이 향하는 곳 또한 세노테다.

치첸이트사의 상징인 꾸클칸 피라미드는 9세기 초 완성되었다. 각각 91개로 된 4면의 계단에 정상 제단을 합하면 1년을 뜻하는 365일이 되는 천문학적인 구조를 지녔다. 마야인이 정확한 달력을 사용했다는 증거다. 마야인들이 파악한 달의 주기는 현대 과학이 파악한 주기와 불과 34초밖에 차이 나지 않는다. 또 달팽이 모양의 까라꼴은 금성의 움직임을 관측했던 건물이다. 천 년 동안 우주의 규칙을 파악하면서 세상을 이해했던 그들의 지혜와 끈질김의 증거다.

게다가 마야인들은 숫자 0을 발견하고 20진법을 사용하는 등 수학과 천문학에도 능통했다. 피라미드 앞 정면에서 박수를 치면 뱀이 우는 소리를 들을 수 있다. 그들의 과학과 건축술의 우수함을 증명해준다. 원래는 붉은색이었던 마야의 건물들은 지금 세월에 바래져 회색 돌에 이끼가 끼어 과거의 모습이 지워져 있지만 그래도 그 웅장함과 화려함이 보는 이를 압도한다.

치첸이트사를 걷다 보면 또 한 번 박수를 쳐봐야 하는 곳이 있다. 구기 경기장이다. 박수를 치면 여러 번 울리며 다시 되돌아온다. 중미에서 가장 크다는 길이 168m, 너비 70m의 이 구기 경기장에선 농구와 비슷한 경기가 펼쳐졌다. 한 팀에 7~8명씩으로 구성된 두 팀이 경기장 벽에 높이 달려있는 링에 공을 넣는 시합을 한다. 각 부족마다 방식이 조금씩 다르지만, 링에 손과 발을 사용하지 않고, 무릎과 팔꿈치, 엉덩이를 이용해 링 사이로 공을 통과시켜 득점을 하는 게임이다.

특이하게도 이긴 팀 주장의 심장을 제물로 바쳤다. 이긴 팀 주장은 죽음으로써 신에게 가까이 가는 것을 매우 자랑스럽게 여겼다고 한다. 멜깁슨의 영화 〈아포칼립토〉처럼 흔히 인신공희로 신에게 바쳐지는 사람들을 불쌍하고 두려움에 떠는 희생양으로 묘사하기도 한다. 하지만 기록을 보면 우리의 통속적인 관점이지 그들의 세상은 우리의 상식과 전혀 다를 수도 있다. 유독 인신공양이 아즈텍과 마야로 통칭되는 메소아메리카 문명의 특성으로 도드라지게 부각된 이유는 에스파냐 사람들이 그들의 침략과 살육을 정당화하기 위해 이들의 미개함과 야만성을 강조해야 했기 때문이다.

지구 반대편에서 울려 퍼진 아리랑

메리다

석회암 속에 맑은 물을 조심히 숨겨 놓은 자연처럼, 숨겨진 공간에서 다양한 종교의식이 행해진 것처럼, 메리다에서는 고립된 땅에서 조국의 독립을 꿈꿔왔던 우리 선조들의 삶이 숨어있다.

일제 강점기 시절 일본은 조선인들을 러시아 사할린이나 미국의 척박한 땅으로 강제이주를 보냈다. 멕시코로 이민을 간 사람들은 에네껭henequén이란 이름으로 불렸다. 에네껭은 알로에와 흡사한 선인장의 한 종류다. 질긴 섬유질을 이용해 종이로 쓰이기도 하고 실로도 쓰였다. 선인장의 가시는 바늘이 되었다. 척박한 환경에서도 잘 자랐기 때문에 녹색 황금으로 불리기도 했다. 우리 조상들이 이 에네껭 농장에서 주로 일했기 때문에 '에네껭'이라는 별명이 붙었다. 하지만 에네껭처럼 척박한 환경에 잘 적응하며 고단한 삶을 멋지게 살아냈기 때문이기도 하다. 소설가 조정래의 『아리랑』에 이들의 모습이 잘 묘사되어있다.

당시 멕시코 유카탄 반도에서 고된 노동을 담당하던 중국노동자들이 이탈하게 되었고, 일본은 이 기회를 살려 우리 민족을 이곳으로 팔아넘겼다. 일본인 중개인에 속임수와 강압에 노예와 같은 계약을 한 이민자들은 멕시코로 이주해 노예와 같은 삶을 살아야 했다. 돈을 위해서 스스로 이주를 선택하였다는 기록은 일본이 조작한 거짓이다.

을사늑약이 맺어진 1905년, 1,033명은 제물포항에서 들어본 적도 없는 먼 나라였던 멕시코를 향하는 배에 오른다. 45일간의 긴 항해 끝에 멕시코 메리다주의 큰 항구인 살리나 크루스 항에 도착한다. 현재 멕시코 한국이민자들의 토착지인 메리다로 이주하여 고된 삶을 살게 된다.

기업형 대농장인 아씨엔다에서 처음 노동을 시작할 때는 임금도 받지 못하고 힘든 노동을 해야 했다. 메리다Merida 각지에 있는 대농장으로 이주민들은 뿔뿔이 흩어졌고 처음 접하는 열악한 환경과 고된 노동 속에서 단일 재배 작물인 에네껭의 가시에 손을 다쳐 생기는 감염으로, 또는 살인적인 더위와 뜨거운 태양으로 인해 많은 사람들이 목숨을 잃었다. 이주민 중 일부는 쿠바로 이주하게 되면서 멕시코의 에네껭은 쿠바이민자들의 근원이 되었다.

이들은 입에 풀칠하기도 힘든 임금을 십시일반 모아 조국의 독립자금을 지원했다. 메리다에는 당시 멕시코 이민자들의 중심지 역할을 했던 한인회관이 남아있다. 이곳에서 모여 우리 선조들은 대한민국의 독립을 지원하였고, 민족의식을 일깨우는 교육을 했다. 도산 안창호 선생이 1917년 메리다로 출장을 다녀간 적도 있다. 내가 메리다를 방문한 해는 광복 70주년이자 멕시코 이민 110주년이 되는 해였다.

의도하지는 않았지만 뜻깊은 해에 방문한 이곳의 모습은 다소 쓸쓸해 보였다. 중국 상해에 있는 임시정부 건물도 민망할 정도로 초라한데 이곳은 오죽할까? 이민자들의 후손들이 쓸쓸히 이곳을 지키고 있었다. 허름한 외양과는 달리 내부는 정확한 기록과 생생한 전달을 위해 깔끔하게 정돈된 모습이었다. 뭉클해지는 가슴을 누르면서 그 당시 참담했지만 위대했던 삶의 장면들을 눈에 꾹꾹 눌러 담았다.

예상치 못했던 잠시 멈춤

칸쿤

— 때론 멈추지 말아야 할 곳에서 멈추게 되고
넘어지지 말아야 할 곳에서 넘어질 때가 있다.

내가 기피하는 여행지 중 하나인 고급 휴양지에서, 난 여행을 멈췄다. 해변에 고급 호텔이 죽 늘어서 있다. 150여 개의 호텔과 리조트들이 빼곡히 들어서 해변을 둘러싸고 있는 모습이 마치 거대한 성벽 같다. 에메랄드빛 바다와 빛나는 모래는 사적 재산이 되어 카리브 해의 가장 아름다운 풍광은 호텔 투숙객들만 이용할 수 있다. 살인적인 물가에 보통의 멕시코인들은 이곳으로 휴가 올 엄두를 못 낸다. 스페인어보다 영어가 더 자주 쓰인다.

허니문 온 커플들과 컨퍼런스에 참석한 사람들 사이에 가난한 솔로 여행객이 어색하고 어리석게 겉을 맴돌았다. 늦은 오전 몸을 추스르고 일어나 터미널 앞에 노점에서 햄버거와 콜라 한잔을 먹고 게슴츠레한 얼굴로 사람들을 기웃거린다. 그러다가 내게 와인오프너를 사기쳐서 판 기념품 가게 주인을 흘겨보고는 어슬렁거리며 거리를 배회하곤 했다. 그러다가 대형마트에서 식료품을 사서 숙소에서 혼자 배를 채우곤 했다. 그러다 알코올에 힘을 빌려 잠에 빠지곤 했다.

— 이런 곳에서 나는 멈춰 섰다. 아니 넘어졌다.
일어설 힘이 없었다기보다는 일어서기 귀찮았다.

달콤했던 나태함의 유혹을 이겨낼 방법을 찾지는 못했다. 근처의 톨룸이라는 도시에는 푸른 바다와 유적지가 모여 있고 현지인들과 섞여 저렴하게 휴양을 즐길 수 있었지만, 발걸음을 떼기가 무척 힘들었다.

전혀 소득이 없었던 것은 아니다. 내가 무엇에 흔들리고 무엇에 무너지는지 확인할 수 있었다. 후회하고 자책하면서 무너지게 되면 난 무엇을 잃게 되는지 깨닫게 된 수업료라 생각했다.

자본에 잠식된 땅에서 욕망에 잠식된 몸을 힘겹게 일으켰다.

"넘어지지 않는 사람은 없어.
단, 다시 일어나는 사람이 앞으로 나아가는 법을 배우는 거야."

– 애니메이션 〈밤비〉

국경의 모습

멕시코에서 아침 7시에 사설버스를 타고 국경을 넘었다. 여행정보가 없는 탓에 멕시코에 출국세가 있는지 몰랐다. 300페소였지만 페소를 알뜰하게 다 쓴 탓에 25달러로 대신 지불했다. 깡패 같은 환율에도 발끈하지 못하고 국경을 넘었다. 과테말라 입국장에서는 입국세로 2달러를 지불했다. 여권은 확인하지도 않고 돈만 받고는 빈 여권 페이지에 도장만 찍었다. 여권은 거들떠도 안 보면서 1달러 종이 두 장은 위페인지 꼼꼼히 확인했다.

허름하고 음산한 국경시장 모퉁이에 앉아 과테말라 버스를 기다렸다. 주변에는 낡은 오토바이들이 빼곡히 세워져 있었고, 같은 버스를 기다리는 일행들은 쓰러져 있는 콘크리트 기둥에 마주 앉았다. 모두 장기여행자라고 온몸에 쓰여 있는 듯했다. 초라하고 여행이 주는 혼곤함에 찌들어 있다. 여기저기 뜯어지고 찢긴 가방에는 때가 잔뜩 묻어 있다. 남자들의 수염은 덥수룩했고 여자들의 대충 묶은 긴 머리에는 기름이 여기저기 흘러내렸다. 우리 발아래로 쥐가 지나다니고 있었지만, 모두가 크게 신경 쓰지 않았다. 사실 다 알고 있으면서 모른척하고 있는 듯했다. 덴마크에서 온 두 여행자가 흘린 과자 부스러기들을 개미가 옮기기 시작하자 우리의 버스도 출발했다.

관계와 거리의 상관관계

안티구아

—— 너와 나의 적당한 거리는 어디쯤이었을까?
욕심에 서둘러 다가가 너를 놀라게 했다가
다시 옹졸해져 조심스러운 마음에
쉽게 다가가지 못했던 그때의 나를 후회한다.
때론 지치고 때론 아파
그렇게 먼 길 떠나버린 너를 잡아보려 손을 뻗는다.
다시 다가가려 할수록, 돌이키려 할수록
짙어지는 너의 차가움에 나는 오늘도 신음한다.
쫓기고 밀려 결국 이곳까지 오게 된 화산과 사람들.
이 슬픈 땅의 속삭임을 내가 기억했다면 우리는 지금 어땠을까?
오늘도 '만약'이라는 슬픈 단어를 부질없이 되뇐다.
멀어지고 나니 진심을 깨닫는다.
노안이 오고 나서 비로소 보이는 세상이 있다.
나는 가까울 때 보지 못하는 원시이자 뒤늦게 깨닫는 박치다.

이곳은 나에게 다시금 관계를 생각하게 만들곤 했다. 건강한 관계에는 때로 적당한 거리가 필요하다. 화산과 인간은 이곳에서 서로 약간의 거리를 두고 살아가고 있었다. 화산이 살면 인간은 그곳에서 살 수 없다. 이곳에 아직도 살아 있는 화산은 삶의 밀도를 조절하며 적당한 거리를 유지하고 있는 사람들을 품고 있었다.

사람들도 마찬가지로 화산과의 적당한 거리를 유지하며 삶과 욕망의 농도를 조율하며 살고 있었다. 화산의 적당한 생기를 이용해 자신들의 삶을 꾸려나간다. 항상 위험이 도사리는 환경 탓에 과도한 욕심을 부리지 않는다. 이런 척박한 땅에서 살 수밖에 없었던 마야의 후손들은 무엇을 과시하거나 자랑하지 않는다. 주로 재래시장에서 산에서 채취한 열대과일을 팔거나 수공예품 시장에서 전통공예품을 만들어 팔고 있다. 이 주변의 커피 농장에서 여성들은 세계 최고의 커피를 생산하고 있으며, 이 수익은 정당하게 여성 노동자에게 분배되고 있었다.

스페인 식민지 시절 과테말라의 옛 수도로 식민지 시절의 건물들이 안티구아를 가득 메우고 있다. 그 주변은 화산이 둘러싸고 있다.

안티구아에서 가장 많이 찾는 화산은 '파카야'다. 과테말라에 있는 1,000m가 넘는 37개의 화산 중 3개가 활화산이며 파카야도 그중 하나다. 화산이 활발한 만큼 지진도 잦아 과테말라 시티로 수도를 옮길 수밖에 없었지만, 도시의 활발함은 지금도 잃지 않았다. 오르미고Hormigo라는 나무가 화산의 허리를 푸르게 만들고 있었고, 이곳 사람들은 그 나무로 마림바Marimba라는 악기를 만들고 있었다. 과테말라의 전통악기인 마림바는 세계적으로 유명하다.

장기 여행을 하다 보면 여행자들의 개미지옥이라고 불리는 도시들이 있다. 이집트의 다합, 태국의 방콕, 파키스탄의 훈자마을, 네팔의 포카라 등 여행자들이 쉽게 헤어 나올 수 없는 지역이 있다. 중미에서는 많은 여행자들이 과테말라 안티구아를 그곳으로 꼽는다. 많은 사람들이 스페인어를 배운다는 명분을 두고 안티구아에 오랜 시간 머물고 있었다.

처음에는 왜 이곳일까, 의구심이 들었지만 금세 알 수 있었다. 다른 지역보다 싼 물가와 상대적으로 안전한 거리, 그리고 맛있는 커피가 있다. 하지만 무엇보다 안티구아 사람들의 친절함과 따뜻함 때문인 듯했다. 현재의 수도인 과테말라 시티는 전 세계에서 가장 위험한 도시 중 하나다. 동양인이면 낮이라도 짧은 거리를 이동할 때, 택시를 이용해야 했고 더워도 택시 창문을 열 수도 없다. 옆에 정차한 차량에서 주먹이 날아오기 때문이란다. 평균 하루에 15명이 과테말라 시티에서 살해당한다. 하지만 안티구아에서는 동양 여성이 혼자 다녀도 크게 위험하지는 않았다. 이렇듯 아름다운 건물 사이에 더 아름다운 사람들이 사는 곳이 안티구아의 매력이다.

나는 이곳에서 불편한 마음을 떨칠 수 없었다. 광장에 모여 할 일 없이 시간을 보내거나 마뜩찮은 물건을 파는 원주민들의 실상이 참 안타까웠다. 여행자를 위한 숙소와 레스토랑, 카페 등은 대부분 백인 혹은 외국인들이 운영하고 있었다. 아직도 원주민의 비참한 삶이 나아지지 않은 이곳을 천국이라 부르며 시간을 보낼 수는 없었다. 직접 짠 천을 들고 갓난아이를 업고 나온 거리의 아낙네들, 할 일이 없어 일거리를 찾아 어슬렁거리는 청년들, 구두통을 들고, 슬리퍼를 신고 있는 나에게도 구두 닦기를 권유하는 아이들. 이들은 모두 마야의 후손이고 인디오며 원주민이다.

이들을 불편하게 마주치며 나는 마야 원주민들이 많이 살고 차별이 가장 심했다는 끼체로 가고 싶었다. 하지만 과테말라 끼체 여행 정보를 구하기가 너무 힘들었다. 여행사는 나에게 끊임없이 마야 문명이 고스란히 남아 있는 티칼로 가길 권유했다. 마야의 후손을 탄압하고 차별하는 이 땅에서 마야 유적을 본다 한들 무슨 감흥이 있을까? 대신 나는 끼체 출신이자 1992년 노벨 평화상을 수상한 리고베르타 멘추 툼을 글로 만나기로 했다. 다가가지 않고 조금 떨어진 곳에서 그들의 삶을 보기로 했다.

Donde la india va(인디오는 어디로 가는가?)

1950년에 집권한 아르벤스 구스만Jacobo Arbenz Guzmán 대통령이 농업 개혁 정책을 추진하기 시작하자 미국계 기업 유나이티드 프루트United Fruit Company는 미국 중앙정보국CIA과 함께 1954년 우익 군부 독재세력의 쿠데타를 지원하면서 과테말라 내전에 은밀히 개입했다.

미국의 지원을 등에 업은 우익 군부세력은 쿠데타로 집권하게 된다. 이들은 폭력으로 민주주의를 원하는 시민들을 탄압하기 시작했다. 36년간 지속된 내전은 라틴아메리카를 반공 동맹의 틀 속에 묶어두려는 미국의 냉전 전략과 긴밀하게 맞물려 있었다. 로널드 레이건 대통령은 1983년 과테말라의 독재자 리오스 몬트José Efrain Rios Montt, 장군을 지원했다. 미국 정부의 후원을 받은 과테말라 군과 경찰, 그리고 '죽음의 분대death squads'라는 단체는 무고한 원주민 마을을 파괴하고 연령과 성별에 관계없이 살해하는 작전을 전개했다.

역사진실규명위원회Comisión para el Esclarecimiento Histórico의 조사보고서 「과테말라, 침묵의 기억Guatemala, Memoria del Silencio」에 따르면, 약 40년 동안 626곳의 촌락이 파괴되고 20만 명이 넘는 원주민들이 피살되거나 실종되었으며 150만 명이 삶의 터전을 잃고 빈곤에 시달려야 했다. 특히 군의 즉결 처형과 강제납치의 피해자 4만2천여 명 가운데 83%가 원주민이었고, 라디노ladino, 혼혈인가 나머지 17%를 차지했다. 또 위법 행위의 93%가 정부군과 '죽음의 분대'에 의해 자행되었다.

멘추의 고향인 엘 끼체는 이 대량학살이 가장 극심한 지역 중 하나였다. 부모와 형제들을 잃은 멘추는 고향을 떠나 세계 각국을 돌며 원주민의 참상을 고발했다.

미국은 자본의 이익을 위해, 군부는 자신들의 권력을 위해 '반공'이라는 그럴듯한 명분을 붙여 인종학살을 자행했다. 그들의 폭력은 이제 눈에 보이지는 않지만, 망령이 되어 은밀하고 치밀하게 아직도 원주민의 삶을 구렁텅이에 끌어넣고 있다. 카페에서 원주민의 노동으로 생산되는 커피를 마시며 원두를 칭찬하는 미국인 관광객들을 가자미 눈으로 흘겨보곤 했다.

> "우리 모두는 어머니로부터, 자궁으로부터 태어난다. 그 자궁은 우리가 천천히 망각해 버리거나 무지한 탓에 소중히 여기지 못한 옛 문명, 현대인들이 후진적이라고 생각하고 쓸모없기에 폐기하려고 하는 옛 문명일 수 있다. 나는 그것을 보잘것없다고, 폐기해야 할 것이라고 보지 않는다."
>
> – 리고베르타 멘추, 〈리고베르타, 마야의 자손〉

나는 원주민의 고통 앞에 참으로 무기력했다. 아직도 700만 명의 마야인들이 마야어와 마야 문화를 지키며 힘겹게 살아가고 있다. 나는 그들의 삶에 실질적인 도움을 줄 수 있는 방법을 찾지 못했었다. 무기력함에 조바심내는 나와는 달리 그들은 자연의 순리대로 무욕을 지키며 살고 있는 듯 보였다. 최소한의 것만 누리는 가난한 삶이라도 미소는 가난하지 않았다. 가난한 여행지의 흔한 감상처럼 가난을 순수로 둔갑시켜 숭상하고 그곳에 환상을 불어넣는 정신적 허영이 아니다. 가난한 자의 웃음은 배부른 자의 웃음과 달리 애틋하고 따뜻하게 보이는 착각을 불러일으킨다. 단지 가난함에도 불구하고 짓는 미소가 주는 역설적인 감동이 아니었다. 이들이 보이는 웃는 것도 그렇다고 웃지 않는 것도 아닌 흐릿하고 아주 잔잔한 미소는 직접 보지 않는다면 알 수 없을 정도로 애련하고 뭉클하다.

프란시스코 성당에서 짧은 기도로 안티구아 여행을 마무리했다. 성당 한편에 마련된 기증함에 아이들이 놀 수 있는 공을 기증했다. 공터만 있으면 축구를 하는 아이들이 맨발로 바람이 빠진 공을 차면서도 행복해하던 모습이 코끝을 시큰하게 만들었기 때문이다. 훗날 월드컵에서 우리나라가 과테말라에게 지게 된다면 나에게 돌을 던지라.

느린 아름다움

📍 아티틀란 호수(Lago de Atitlan)

마야 문명이 지속되는 가뭄으로 멸망했다는 연구 발표가 있지만, 이들의 땅에는 너무나도 아름답고 넓은 호수가 있다. 인디오의 삶을 이제는 조금 더 가까이서 지켜보기 위해 아티틀란 호수 입구에 있는 파하나첼로 향했다.

아티틀란 호수는 휴화산 속에 자리 잡은 깊고 거대한 호수다. 남북의 길이가 13km, 동서 18km, 수심은 300m에 달한다. 러시아의 바이칼, 페루의 티티카카와 같이 세계 3대 호수 중 하나다. 해발 1,500m 고지에 자리한 덕분에 날씨는 일 년 내내 좋다. 과테말라의 국가 표어가 '영원한 봄의 땅'인데 상춘의 날씨를 지속적으로 유지하는 곳이 바로 여기다.

이곳은 인디오들의 마음의 고향이자 영혼의 호수로 표현된다. 깊은 산속의 아름다운 호수를 바라보며 소박한 삶을 사는 아티틀란 사람들의 모습은 가난하지만 풍족하고, 불편하지만 행복하다. 체 게바라도 아티틀란 호수에서 쉬며 혁명가의 꿈을 잠시 버렸을 정도로 이곳은 평화롭고 차분하다.

그래서일까? 안티구아에서는 몇 주 동안 시간을 보내는 여행자가 많다면 이곳에서는 몇 달, 심지어 수년째 떠나지 못하고 머무는 여행자가 많다. 장기 여행자에서 장기 체류자로 신분을 바꾸고 한가롭게 한 곳을 깊게 여행하게 만들 만큼 이곳은 치명적인 매력을 가진 곳이다. 아침의 싱그러움, 한낮의 적당한 활기와 따스함, 밤의 영롱함을

가진 이곳은 소박하지만 깊은 순수로 여행자를 이끌어 치유와 휴식을 선물한다. 각 마을을 잇는 유람선과 커피를 내리는 에스프레소 머신을 제외하고는 모든 것이 느리다. 목적지 없이 어슬렁거리며 마을을 활보하는 여행자들, 전통을 따라 느긋하게 살아가는 인디오들의 모습, 상점에서 느긋하게 파리를 쫓는 상인들의 모습과 좁은 땅에서 곡식을 기르는 농부의 손길, 호수에서 배를 타고 나가 고기를 잡을 준비를 하는 어부의 그물도 느릿하다. 수줍은 듯 조그만 얼굴에서 느리게 번지는 꼬마들의 미소, 잔잔히 흐르는 코발트 빛 호수에서 차분히 불어오는 바람에 아주 조금씩 자라는 푸른 식물들이 살랑대는 모습이 한데 울려 평화로운 분위기를 듬뿍 풍긴다. 그 위로 하얀 뭉게구름이 천천히 하늘을 떠다닌다.

배를 타고 산 후안, 산 페트로, 산티아고 이렇게 세 마을을 둘러보았다. 의심이 많고 소심한 탓에 사기꾼과 프로 장사꾼에게 돈을 과하게 뜯긴 적이 많지 않았다. 하지만 이곳에서는 거침없이 지갑을 열었다. 여성협동조합과 장애인 직업 교육센터에서 파는 물건들에 귀신에 홀린 듯 손이 갔다. 협동으로 생산해 협동으로 판매하는 상점에서 그들과 눈을 마주치며 필요도 없는 생필품을 잔뜩 구매했다. 얼마나 많이 구매했는지 여행이 끝나는 브라질에서야 이곳에서 산 제품들을 다 쓸 수 있었다. 가슴 벅찬 그들의 너그러운 미소와 차분한 평화를 만끽하고 이곳을 힘겹게 빠져나왔다.

묘한 대칭의 도시

리마

페루 리마에서 가장 많이 시간을 보낸 곳은 구시가지였다. 사실 리마에서 딱히 보고 싶은 곳은 없었다. 페루식 회무침인 세비체를 먹고 자색 옥수수로 만든 치차 모라다를 마시며 구시가지를 어슬렁거렸다. 스페인의 장인과 인디오 장인들이 힘을 합쳐 만들었다는 구시가지는 항상 사람들로 가득했다. 남반구라 어쩔 수 없이 한여름에 두꺼운 산타 옷을 입은 산타클로스가 여기저기 눈에 띤다. 한여름의 크리스마스처럼 리마의 모습은 상반되는 이미지가 마주 보고 있는 듯했다. 어디를 가나 스모그가 가득하고 사람과 차가 많다는 것을 제외하고는 대칭을 이루는 듯한 이미지가 도시 속에 묘하게 겹쳐 있었다. 비교적 화려하고 단정한 신시가지와 허름하면서도 어수선한 구시가지가 가장 큰 대비를 이루고 있었다.

리마 대성당에 잉카제국을 멸망시킨 정복자 프란시스코 피사로의 시신이 보관되어 있다. 페루는 물론 남미에 수난의 역사를 선물한 그의 시신과 페루 독립의 장면이 그려진 벽화가 한 공간에 있어 묘한 느낌이 들었다. 프란시스코 피사로는 1535년 해안가 사막에 불과했던 이 도시를 세운 뒤 '왕들의 도시'라는 의미로 이름을 '리마'로 정했다. 1542년 스페인 점령지의 수도가 되면서 슬픈 남미 역사의 중심지가 되었다. 리마는 1746년 거대한 지진으로 도시 대부분이 심하게 파괴되었지만, 스페인이 남아메리카를 지배하는 18세기 중엽까지 300여 년 동안 중심 도시 역할을 담당하며 번영을 이뤘다. 수탈의 구심점이 되어 번성했던 리마. 수탈과 번영이라는 상반된 역사의 흔적이 남아 있다.

아르마스 광장에서 산 마르틴 광장을 가는 길에 성당에서는 결혼식이 열리고 종교 재판 박물관 옆 소방서에는 순직한 소방관의 장례식이 열리고 있었다. 빈약한 가판대 위에서 물건을 파는 시장을 주변에 두고 근사한 쇼핑센터가 길게 이어진 라우니온 거리는 명동의 모습과 닮아 있었지만, 왠지 모르게 어색한 기분이 들었다.

1821년 7월 28일 아르헨티나 출신의 남미의 독립 영웅 호세 데 산 마르틴은 리마에서 페루가 스페인으로부터 독립한다고 선언했다. 늠름한 그의 동상이 산 마르틴 광장의 상징이다. 19세기 초 남아메리카 대륙에는 독립전쟁이 유행처럼 휘몰아쳤다. 당시 페루의 지도층은 독립파와 대치하던 왕당파로 독립에 큰 열망이 없었다. 페루는 독립을 주저하며 식민통치 유지를 원하던 왕당파의 최후의 보루로 남아 있었다. 페루의 독립은 호세 데 산 마르틴과 시몬 볼리바르의 원정이 성공한 뒤에야 이루어졌다.

산 마르틴 광장에는 산 마르틴 동상 말고도 마드레 파트리아 동상도 볼 수 있다. 스페인은 여인의 머리에 '불꽃 왕관'을 씌우라고 의뢰했다. 하지만 'llama'라는 단어는 라마와 불꽃이라는 두 개의 의미가 있다. 페루 출신의 조각가는 그녀의 머리에 작은 라마가 있는 왕관을 씌웠다.

광장에는 크리스마스를 기념하는 거대한 트리가 세워져 있었고 그 앞에는 산타 복장을 한 사람이 앉아 있었다. 그 앞에는 산타가 주는 희망 따위에 전혀 무관심한 사람들이 느긋하게 앉아 시간을 죽이고 있었다.

숙소로 돌아가는 길에는 100주년을 기념하는 검은 코카콜라와 80주년을 기념하는 노란 잉카콜라 광고벽화가 마주 보고 있다. 말라버린 리막강과는 달리 공원에서는 성대한 분수 쇼가 열리고 있었다.

부패한 정부가 연이어 집권하며 빈부 격차가 극심해진 페루는 이질적인 풍경이 곳곳에서 대칭을 이루고 있었다. 때론 불편함이 느껴졌지만 양면의 모습을 관찰하는 일은 은근한 흥미가 있었다. 나와 닮아 조금 슬프기도 했다.

사랑해야 한다

바예스타 섬

'페루' 하면 로맹 가리의 단편 소설『새들은 페루에 가서 죽다』가 가장 먼저 떠올랐다. 로맹 가리를 처음 알게 된 건 그의 소설『자기 앞에 생』 때문이었다. 사고 이후 죽음과 맞닿아 허덕이고 있을 때쯤 읽은 이 소설을 시작으로『새들은 페루에 가서 죽다』도 접하게 됐다.

그의 소설에서 새들은 페루의 리마에서 북쪽으로 10Km쯤 떨어진 해안까지 날아와 몸부림치며 죽어간다. 하지만 소설에는 새들이 왜 리마 근처의 해안까지 몰려와서 죽는지 알려주지 않는다. 페루에 새가 많아서라고 일부 사람들이 추측하지만 페루는 세계 2위의 조류 서식지다. 왜 가장 많은 새들이 서식하는 브라질이 아닌 페루인지는 명확하지 않다. 소설 속에서 자살을 시도했던 여자도 마찬가지다. 왜 죽으려 했는지 알 수 없다. 문학적 은유를 놓고 다양한 의견이 팽배하게 맞서지만 누구도 명확한 해답을 제시하지 못한다. 참 불친절한 작가다.

리마도 그러했다. 페루 인구의 1/3이 거주한다는 페루의 수도는 엄청난 매연으로 항상 흐렸다. 끊임없이 울리는 경적 소리는 연신 짜증을 부추겼다. 구시가지와 신시가지를 왕복할 때마다 미터기가 없는 택시를 타야 했다. 귀찮게도 항상 흥정해야 했다. 이번 여행 중에 처음으로 마주친 태평양은 스모그 속에 묻혀 을씨년스러웠다. 숙소가 있는 신시가지에 미라플로레스에는 죽음을 경건한 자세로 맞이하려 모여드는 새들 대신 고급 빌라와 아파트 그리고 큰 쇼핑센터 라르코마르가 해안을 지키고 있었다. 내가 상상했던 이미지는 이곳에서 허망하게 죽었다. 죽음을 앞에 둔 비장한 새들을 마주치리라 생각했던 리마의 해변 대신 고양이가 가득 모여 있는 케네디 공원에서 더 많은 시간을 보냈다.

그래서 찾은 곳은 바예스타 군도다. 리마에서 북쪽으로 10km 떨어져 있는 대신 남쪽으로 240km 떨어져 있는 섬이다. 촛대 형상을 한 나스카 문양과 수많은 새들과 바다사자를 볼 수 있는 곳이다. 그래서 '가난한 자들의 갈라파고스', 혹은 '보급형 갈라파고스'라는 별명을 갖고 있다. 버스를 타고 4시간을 달려 도착하니 날씨가 맑다. 안개로 뒤덮인 리마에 머물다가 이곳에 도착하니 영국인들이 스페인으로 휴가를 떠나는 기분을 알 듯했다.

작은 보트에 몸을 싣고 바예스타 섬으로 향했다. 바예스타 섬에 도착하기 전 칸델라브라 섬에 나스카 문양으로 알려진 지상화가 그려져 있다. 모래 언덕에 촛대모양을 한 문양이 섬의 신비로움을 더한다. 바예스타는 3억 마리의 새가 서식하는 섬답게 새의 배설물에서 나는 암

모니아 냄새가 진동한다. 섬은 새의 배설물로 하얗게 분칠을 하고 있었다. 가마우지, 펠리컨, 갈우지 등 1,500여 종의 새들이 까맣게 섬을 채우고 있었다.

새들의 배설물이 퇴적된 구아노는 가장 좋은 천연 비료다. 구아노는 다량의 질소와 인을 함유하고 있다. 16세기 잉카 문명부터 채취하기 시작한 구아노는 페루에 엄청난 경제적 이익을 가져다주었다. 구아노는 미국 농업혁명의 발판이 되었고 유럽 식량 위기에 해결책이 되었다. 당시 서구 국가들은 비료를 몰랐을 정도로 농업에 관해서는 미개했다. 1840년대에서 1860년대 사이 페루는 구아노 수출로 경제적 안

정기를 맞았다. 페루가 구아노를 국유화하자 스페인은 이에 반발하고 함대를 끌고 오게 된다. 독립을 막 이룬 남미를 자극하게 되고 칠레, 에콰도르와 힘을 합쳐 스페인 함대를 물리치게 된다. 이게 새똥 때문에 일어난 구아노 전쟁이다. 하지만 1870년대에 이르러 구아노가 고갈되면서 국가는 구아노를 담보로 빌린 돈을 갚을 수 없었고 정치적 내분이 일어났다.

지금은 7년마다 한 번씩 구아노를 채취한다고 한다. 이 시기가 되면 많은 중국인 노동자들이 6개월간 새똥만 수거한다. 최근에 수집은 2011년에 이루어졌고, 당시 수거량은 5,600톤이라고 하니 새들은 페루에 가서 죽는다는 말이 틀린 표현은 아닌 듯했다.

복잡하면 싸움이 나는 인간 사회와 달리 이곳은 발 디딜 틈이 없어도 평화롭다. 페루 해안에는 한류寒流가 남극에서 흘러들어온다. 이 훔볼트 해류의 풍부한 플랑크톤이 다양한 어류의 먹이가 되고, 이 어류는 새의 먹이가 된다. 바닷가 지역은 주로 사막 지역이라 맹금류가 없다. 그래서 많은 새들에게 천국과도 같은 공간이다.

내가 방문한 12월에는 물개의 태반을 먹기 위해서 잉카의 새인 콘도르가 날아든다고 했지만 아쉽게도 만날 수는 없었다. 다양한 새와 펭귄 그리고 바다사자들이 저마다의 휴식을 취하며 한가로이 낮잠을 자고 있다. 그럼에도 가끔 새들의 소프라노 소리와 바다사자의 바리톤 울음이 묘한 화음을 이루어 하나의 노래가 되곤 했다. 『새들은 페루에 가서 죽다』의 작가 로맹 가리가 에밀 아자르라는 가명으로 출간한 『자기 앞에 생』의 주제가 생각난다.

사랑해야 한다.

많은 생명들이 부딪히기도 하고 살을 맞대며 살아가는 이 작은 섬은 지구와 닮았다. 탄생과 죽음이 가득한 땅에서 그들은 삶과 죽음 사이를 사랑으로 채우라고 나에게 노래로 일깨워 주었다. 부지런한 날갯짓을 마친 새들과 힘찬 수영을 끝낸 바다사자들은 특히 자기 앞에 주어진 생生을 사랑하는 법을 배워야 한다고 온몸으로 노래하고 있었다.

나는 그곳에 가지 않겠어요

나스카

어쩌면 B.C. 900년, 가장 최근이라고 보면 A.D. 7세기에 그려졌다고 알려져 있는 나스카 라인. 다양한 문명이 수수께끼로 사라지는 페루답게 나스카에 대해서도 알려진 바가 없다. 공중에서 봐야만 문양이 보이는 지상화는 누가 왜 그렸는지 아무도 모른다. 건조한 검은 땅 표면을 긁어내 안쪽의 밝은색 흙을 드러내는 간단한 방식으로 그림을 그렸다. 비가 거의 내리지 않는 사막성 건조기후는 그림을 오래도록 보존했다.

나는 이곳을 가지 않았다. 왔으니 일단 봐야 한다는 당위적인 이유가 그동안 120달러를 아끼기 위해 노력한 결과를 보상해주는지 천박한 저울질을 해야 했다. 이제는 관광 상품으로 전락해버린 옛 문명의 수수께끼를 30분 보는 게 그만한 가치가 있을까 고민했다.

사막에 수십 혹은 수백 미터 크기의 그림을 그린 이유가 후손들의 관광수입을 위해서는 아닌 듯했다. 사진으로 봐도 피어나지 않았던 상상력이 직접 본다고 샘솟지는 않을 듯했다. 그래서 나스카 라인에 오르는 경비행기에 오르지 않았다.

비행기가 발명되지 않았다면 이 나스카 라인도 발견되지 못했으리라. 그렇다면 그들은 인간이 아닌 누군가와 소통하기 위함이었을 테다. 자기가 아는 세계를 넘어선 존재에게 그들은 무엇을 전달하고 싶었을까? 무엇이 그토록 간절했기에 광야를 긁어가며 거대한 그림을 그려야 했을까? 그들은 혹시 다른 세계와 통하지 않았을까? 첨단의 시대인 현대를 사는 우리보다 더 발전했던 인류가 살았던 시대가 있지 않았을까? 그 사람들은 왜 이 땅에서 사라졌을까? 30분 동안 곡예비행을 견디며 힘겹게 카메라를 들이미는 일 밖에 못하는, 그들의 간절한 손길을 관광 상품으로 사용할 수밖에 없는 우리가 깨닫기에는 분명한 한계가 느껴진다.

대신 오아시스에서 한가로이 시간을 보내는 게 나을 듯했다. 한 권의 책이 나스카의 라인보다 나의 상상력을 일깨우는데 더 좋다고 판단했다. 그렇다고 나스카를 추천하지 않는 것은 아니다. 이성과 과학이 개입하지 못하는 비밀의 영역에 우리는 상상력을 채워 넣는다. 여백의 공간에 채워지는 각자 나름의 상상력에 따라 대상의 크기와 질이 결정된다. 그래서 때론 실제보다 더 크게 대상을 확장시키기도 한다. 하지만 빈약한 상상력으로 틀에 박힌 결론에 노날해 엄청난 진실을 가리기도 한다. 예를 들면 나 같은 경우다.

다른 세계를 상상하며 그렇게 나는 가방 속에서 소설『데미안』을 꺼냈다. 이처럼 판에 박힌 듯 단순하게 뻔한 행동만 하는 내가 나스카 라인을 본다 한들 10만 원짜리 멀미만 경험했을 거라며 스스로를 합리화했다.

오아시스 마을

📍 와카치나

"사막이 아름다운 이유는 어딘가에 샘이 숨겨져 있기 때문이다."

– 생텍쥐페리

오늘은 와카치나 사막을 걸어서 오른다. 과거 상류층들의 고급 휴양지였던 이곳에 지금은 수더분한 모습의 여행자들이 가득하다. 현지 아이들은 놀이 삼아 이 높은 사막 언덕을 걸어서 오르내린다. 자꾸 모래 속에 파묻히고 미끄러지는 통에 발걸음을 옮기기가 힘들다. 아이들도 힘들어하는 기색이긴 하지만 자주 오르는 듯 꽤나 속도가 빠르다. 언덕 뒤로 와카치나에서 조금 떨어진 이카의 전경이 보이고 앞으로는 푸른빛의 신비로운 오아시스를 둘러싸고 있는 야자수와 그 주위에 식당과 숙소들의 정수리가 보였다.

와카치나는 거대한 모래 언덕 속 오아시스 마을이다. 페루의 50솔 지폐에 그려진 그림의 주인공이다. 어제는 버기카를 타고 사막을 질주했다. 버기카는 빠른 속도로 모래 언덕의 결을 따라 갈지자로 사막을 가른다. 이리저리 흔들리는 차 안에서 모래바람을 맞고 샌드보딩을 하는 언덕 정상에 이르면 입안에 모래가 가득하다. 모래 산을 버기카를 타고 오르고 보드를 타고 내려온다. 오르고 내리는 과정에 흥분과 재미가 가득하다. 참으로 편하고 재미있는 투어다.

사막 같은 인생에도 아름다운 오아시스가 있고, 오르고 내리는 일련의 과정이 이렇게 편하고 재미있다면 얼마나 좋을까? 현실은 그렇지 않다. 걸어 오르느라 거칠어진 숨 사이로 휘날리는 모래가 들이닥쳤다. 괜스레 스친 생각이 입안의 모래처럼 불편하다. 마른입에 모래를 헹굴 침도 없어 툴툴거리듯 헛바람을 불며 언덕을 내려왔다. 내려오는 길 부슬부슬 비가 내린다. 사막에서 비를 맞는 경험은 무언가 경이롭고 신비롭다. 영적인 체험을 하는 듯한 기분이 복잡한 잡생각을 차분히 가라앉혀주었다.

세계의 배꼽

쿠스코

해발고도 3,399m에 세워진 도시. 같이 이동했던 사람들은 휴대용 산소 호흡기를 입에 대고 아픈 머리를 달래고 있다. 고산병을 못 느끼는 체질 탓인지, 19시간 버스를 타고 천천히 올라온 더분인지 나는 크게 불편함을 느끼지 못했다.

쿠스코 공항에 도착하자마자 고산병으로 갑작스런 어지럼증을 느껴 쓰러졌지만, 필사적으로 카메라를 감싸 안으며 프로의식을 보여줬다는 식의 흔한 에피소드는 나에게 해당하지 않았다. 잉카의 문명이 스러진 땅에서 나는 쓰러지지 않은 게 묘한 이질감을 주었다.

혼자만 멀쩡한 게 어색해 아르마스 광장으로 나섰다. 중남미 도시의 중심은 아르마스 광장과 대성당이 차지한다는 건 하나의 공식이다. 중남미의 도시마다 '아르마스'라는 이름을 가진 광장이 있다. 그리고 그 옆엔 항상 커다란 성당이 있다. 아르마스 광장은 여행의 시작점이 된다. 스페인이 중남미 대륙을 점령할 때, 가장 먼저 마을 중심에 '아르마스'라는 이름의 광장과 대성당을 지었다. 당시 그들에게 가장 시급했던 일이 원주민들을 빠르게 교화시키는 작업이었다. 고대 잉카 제국의 수도였던 쿠스코도 이 공식을 피해가지는 못했다.

새파란 하늘과 뭉게구름 그리고 안데스 산맥의 품속에서 황금의 반짝임을 잃은 갈색 건물들만이 이곳 주변을 빼곡히 지키고 서 있다. 5만 명의 사람들이 20년에 걸쳐 건설한 이 도시는 그 이름처럼 한때 '세계의 배꼽'이자 우주의 중심이었던 곳이다. 콜롬비아, 에콰도르, 페루, 볼리비아, 칠레 북부까지 이어진 광대한 영토에 800만의 인구를 거느렸던 대제국 잉카 제국의 수도 쿠스코는 그 중 100만의 주민이 거주했던 대도시로 잉카인들이 신성시 여긴 퓨마의 형상으로 세워졌다. 과거 잉카인들은 3개의 세계가 있다고 믿었다. 그리고 각 세상을 상징하는 동물이 있다고 생각했다. 하늘의 세상은 콘도르, 지상에는 퓨마, 그리고 지하의 세계는 뱀이다. 스페인 정복 당시 20만이 이 쿠스코에 거주하고 있었다.

『총 균 쇠』의 '카자마르카의 충돌'이라는 장에는 잉카의 몰락이 자세히 기술되어 있다. 카자마르카는 옛 잉카의 도시다. 쿠스코가 제국의 수도가 된 것은 13세기경 망코 카팍이 부족을 이끌고 이곳에 태양의 신전 쿠리카차를 축조하면서부터다. 잉카제국이 최고의 영화를 누린 것은 15세기 말로 이 무렵 콜롬비아에서 칠레로 이어지는 남북 길이 4,000km에 걸친 대제국이 형성되었나. 1553년, 스페인 용병 출신의 상인 프란시스코 피사로가 잉카 제국을 침략했을 때 잉카인들은 그를 전설의 창조주 비라코차로 믿었다. 흰 피부를 가진 창조주가 돌아온다는 그들의 오랜 믿음 때문이기도 했다.

하지만 이들보다 더 강력한 무기는 '총, 균, 쇠'였다. 이국에서 온 총은 화약 폭발음만으로도 잉카 군인들에게 공포감을 심어주었고 그들의 갑옷과 방패 앞에 잉카 군인의 곤봉은 한없이 무기력했다. 잉카인들의 발은 스페인 군인을 태운 말보다 빠르지 못했다. 40명에 불과했던 기마병들은 빠른 속도로 적들의 목을 베었다. 그리고 당시 중남미보다 현저하게 낮았던 위생관념 때문에 생긴 유럽의 천연두 균이 범선에 가득 실려 오면서 고작 180명의 병사뿐이었던 피사로는 8만의 병사를 보유한 잉카 제국을 쉽게 무너뜨릴 수 있었다. 게다가 당시 잉카제국은 내전으로 황폐해져 있었다. 1525년 잉카제국은 제12대 황제로 우아스카르가 취임한다. 이복형제 아타우알파가 이에 불복하여 반란을 일으켰고 잉카는 둘로 나뉘어져 내전의 시기를 보냈다. 13대 황제로 아타우알파가 즉위했지만, 내전으로 힘이 약해진 잉카에 때맞춰

피사로의 군대가 침략하면서 무기력하게 정복되고 말았다.

황제 아타우알파를 볼모로 잡은 피사로는 그의 몸값으로 큰 방을 가득 채우는 황금을 요구했다. 황제를 구하고자 잉카인들은 가로 6.7m, 세로 5.2m, 높이 2.6m의 방을 황금 6,087kg, 은 11,793kg으로 가득 채웠다. 역사상 가장 많은 몸값을 지불했다. 그럼에도 불구하고 피사로는 이복동생을 죽였다는 죄목을 씌워 잉카의 황제 아타우알파를 잔인하게 처형했다. 이후 잉카인들은 마지막 황제 투팍 아마르의 지휘 아래 40년에 걸쳐서 스페인에게 대항하지만, 결국 400년에 걸친 잉카 문명은 막을 내리고 만다. 24,000km에 이르는 도로와 안데스 산맥 곳곳에 거미줄처럼 연결된 수로를 건설했던 문명은 그렇게 허무하게 사라졌다.

잉카 최후의 왕 투팍 아마루가 처형된 광장에 남아있는 잉카 제국의 온전한 모습은 석벽과 돌길뿐이었지만 잉카인들이 꽃 피웠던 문명의 흔적은 여전히 이곳에 남아있다. 산토도밍고 교회는 태양의 신전 코리칸차가 있던 자리에 세워졌고, 라콤파냐데헤수스 교회는 와이나 카팍 궁전터에 들어섰다. 스페인 정복자들은 도로를 놓을 때도 잉카 시대에 만들어진 잉카의 길을 중심으로 도로를 건설했다.

아르마스 광장에서 가장 압도적인 건물은 대성당이다. 잉카 시대의 비라코차 신전 자리에 세워진 교회다. 100년에 걸쳐 지었으며 은 300톤을 부어 만든 제단은 가톨릭 교단과 정복자들의 탐욕을 드러내고 있었다. 대성당을 등지고 서서 왼쪽에 서 있는 교회는 라콤파니아데헤수스 교회다. 잉카 11대 황제 와이나 카팍의 궁전을 허물고 세웠다.

아르마스 광장에서 트리운포 거리를 따라 동쪽으로 가면 아툰 루미요크 거리가 나온다. 석벽으로 둘러싸인 이 거리에는 종이 한 장 끼울 수 없이 정교하다는 잉카의 석조 건축물이 남아있다. 바로 12각의 돌이다. 잉카의 달력인 12달을 표현한다고도 하고 황제 가족의 수를 상징한다고도 한다.

아르마스 광장에서 남동쪽으로 내려가면 엘솔 거리가 나온다. 이곳에 있는 산토 도밍고 교회도 태양의 신전 코리칸차를 파괴한 자리에 세워졌다. '코리'는 케추아어로 '황금', '칸차'는 '있는 곳'을 뜻한다. 이 궁전을 채우고 있던 황금은 모두 녹여져 막대 형태로 만들어진 다음 스페인으로 옮겨졌다. 이로 인해 유럽에는 심각한 인플레이션이 발생했을 정도로 엄청난 양이었다.

이 신전을 부수고 남은 토대 위에 세워진 산토 도밍고 교회는 1650년에 일어난 쿠스코 대지진 때 다 무너졌다. 하지만 토대가 된 석벽만은 그 모습 그대로 버텨냈다. 사실 스페인의 군대와 장인들이 세운 벽도 생각만큼 조악하지 않다. 쿠스코 골목 곳곳에서 만나게 되는 스페인이 만든 벽도 편견 없이 보면 아름답고 단단하다. 하지만 결국 사람이든 만물이든 그 진가는 그 존재를 송두리째 흔들어버리는 불행과 고난이 다가왔을 때 드러난다.

마추픽추를 향하여

마추픽추로 가는 길 오얀타이탐보까지 버스 투어를 이용했다. 성스로운 계곡Valle Sagrado을 따라 잉카 문명의 흔적들을 엿볼 수 있었다. 잉카 시대에 만들어진 다리와 터널, 관개수로, 계단식 밭 등은 쿠스코 교외의 마을에서 여전히 사용하고 있다.

퓨마 형태의 쿠스코에서 머리 부분에 위치한 삭사이우아만을 시작으로 훌륭한 관개 수로 시설뿐만 아니라 제사 장소, 무덤들을 볼 수 있는 피삭, 농작물을 높은 고도에 적응시키기 위해 만든 계단식 경작시가 있는 모라이, 그리고 수천 개의 염전이 경이로운 장관을 연출하는 살리네나스까지 잉카의 훌륭한 문화를 엿볼 수 있다. 오야타이탐보는 해발 2,800m에 위치한 작은 마을로 잉카 시대의 모습이 가장 잘 보존되어 있다. 가이드북에 잉카시대 이후로 바뀐 거라곤 전기와 인터넷밖에 없다고 다소 과장된 설명이 적혀 있을 정도로 과거의 모습을 그대로 간직하고 있다.

기차를 타고 '뜨거운 물'이란 뜻을 가진 마을 아구아 칼리엔테에서 하룻밤 묵기로 했다. 아침 일찍 마추픽추에 오르기 위해서다. 마추픽추행 기차는 세 개의 등급으로 구분된다. 가장 고급 열차는 하이럼 빙엄 열차다. 보통 쿠스코에서 왕복하는 여행객들을 위한 기차로 식사와 가이드 등이 포함되어 있다. 두 번째 등급은 가벼운 다과가 포함된 비스타돔, 마지막은 저예산 여행자들을 위한 백패커다. 나는 파란 비스타돔을 타고 어둠이 내린 잉카의 옛 터전을 가로질렀다.

사실 오얀타이탐보에서 마추픽추까지 3박 4일 동안 도보로 이동하는 잉카 트레일을 걷고 싶었다. 하지만 일정 때문에 그럴 수 없었다. 잊기 힘들 정도로 신비롭고 아름답다는 풍경은 어둠 속에 그 모습을 감춰 버린 탓에 편하게 밤기차를 타고 마추픽추로 가는 여행자에게는 그 광경이 허락되지 않았다.

진정한 연대를 꿈꾸는 곳

마추픽추

돌에서 돌, 그리고 인간이여, 그는 어디에 있었는가?
허공에서 허공, 그리고 인간이여, 그는 어디에 있었는가?
시간에서 시간, 그리고 인간이여, 그는 어디에 있었는가?
당신도 역시 부서진 한 조각이었는가?
끝나지 않은 인간의, 텅 빈 독수리의,
오늘의 거리를 통해, 발자국들을 통해,
죽은 가을의 낙엽들을 통해,
무덤까지 영혼을 계속 부서뜨리는

– 파블로 네루다, 「마추픽추 정상에서」

마추픽추 정상에 서서 와이나픽추를 바라보면 누운 얼굴의 형상이 보인다. 이 풍광이 망막에 맺히면 가슴은 일렁인다. 사진으로, TV 화면으로 많이 접한 풍경이었지만 막상 그 앞에 서니 심장이 빠르게 뛰었다.

칠레의 시인 파블로 네루다와 가수 빅토르 하라 그리고 아르헨티나의 혁명가 체 게바라에 이르기까지 이 풍경을 바라보며 통일된 하나의 아메리카를 열망했다. 그리고 이곳의 풍광을 보며 소중한 다짐을 가슴에 새겼다. 이곳은 페루인들뿐만 아니라 라틴 아메리카인들의 성지이자 정신적 고향이다.

그들이 이 무너져 버린 문명의 잔해들을 바라보며 하나의 라틴 아메리카를 꿈꿨다는 것이 다소 낯설게 느껴질지 모른다. 하지만 그들에게는 역사의 교훈을 가슴에 되새기고 현재의 닥친 고난을 조금이라도 현명하게 대처하고자 하는 다짐이었다. 게다가 당시 미국은 독립 이후 연방제를 통해 눈부신 발전을 이룩하고 있었던 반면 라틴 아메리카는 독립 이후, 전통적인 통치방식과 지역적 특권을 포기하지 못하고 분열을 거듭하고 있었다. 토지의 소유에 따라 특권을 부여함으로써 농장주들은 경제 발전보다는 농지 소유에 더욱 집착했다.

남미 해방의 아버지라 불리는 시몬 볼리바르도 하나로 통일된 남미 대륙을 원했다. 미국처럼 하나의 연방이 되지 못하면 결국 중남미는 미국에 끌려갈 수밖에 없다고 생각했다. 그의 통찰력 있는 꿈은 결국 지역 유지인 카우디요들의 욕심과 미국, 영국의 중남미 분열 정책이 맞물리며 실패로 돌아갔다. 그는 자신의 묘비에 "연방, 연방"이라고 적었다.

사실 많은 학자들이 중남미의 문명이 무너진 이유를 총, 균, 쇠로 꼽지만 내가 조심히 하나 추가하자면 '분열'이다. 아무리 총, 균, 쇠로 무장했다 하더라도 수백 명의 침략자들이 수만 명이 지키는 제국을 단기간에 무너뜨리기는 매우 어렵다. 침략자들은 정복지의 내부 갈등을 이용해 자신들의 세력을 넓혀 나갔다. 혜택의 사각지대에 위치한 사람들을 포섭하고 내부 갈등을 일으켜 서로 반목하게 만들었다. 결국, 분열은 이미 존재했던 계층과 지역 간의 소통과 교류의 부재를 만나 제국을 잠식해 나갔다. 당시 이 땅에는 문명 간의 교류도 없었을 뿐만 아니라 문명 내의 소통도 제대로 이루어지지 않았다.

이들은 순수한 희생자로 표현되기도 하지만 자만심이 가득한 이 땅의 통치자이기도 했다. 마야 문명이 스페인 군대가 들이닥치기 전 멕시코의 아즈텍 문명이 먼저 스페인의 침략을 받았다. 에르난 코르테스가 카리브해 연안에 도착해 아즈텍인들을 무참히 학살하기 시작했지만, 수도였던 테노치티틀란에서는 이를 알지 못했다. 하지만 코르테스는 당시 아즈텍 지배층들이 잔인하게 탄압했던 주변 피지배 부족들을 효과적으로 포섭했다. 이이제이 전술로 이들 사이에 균열을 만들어 내분을 조장했다. 그럼에도 아즈텍 왕족들은 불과 몇백 명 정도에 불과한 외부인들을 쉽게 제압할 수 있으리라 자만했다. 결국, 얼마 지나지 않아 아즈텍 제국은 멸망했다.

잉카인들도 아즈텍인들과 크게 다르지 않았다. 코르테스가 멕시코에 상륙한 지 10년 후에 프란시스코 피사로는 잉카 제국에 발을 디뎠다. 그의 원정대는 코르테스의 군대 숫자보다 훨씬 적은 168명에 불과했다. 잉카 제국은 아즈텍 제국의 몰락을 몰랐지만, 피사로는 코르테스의 정보를 보아 정복 방법을 숙지하고 그대로 모방했다. 주변 정세의 무관심과 내부 분열은 그렇게 제국을 효율적으로 몰락시켰다. 자신들이 세상의 중심이고 이 세계를 가장 잘 아는 민족이라는 자만심이 큰 화를 불러일으켰다.

혹독한 식민 지배에 맞서 독립을 이루어낼 때 중남미 국가들은 이전과 달랐다. 서로 연대하고 협력했다. 시몬 볼리바르와 산 마르틴은 조국의 독립이 아닌 남미의 독립을 위해 투쟁했다. 시몬 볼리바르는 베네수엘라, 콜롬비아, 에콰도르, 페루, 볼리비아를 아우르는 남미의 북부지역을 독립시킨 인물이다. 산 마르틴 장군은 아르헨티나, 파라과이, 칠레 등 남미의 남부지역을 해방시켰다. 이들은 남미 독립의 마지막 퍼즐이었던 페루의 해방을 놓고 유명한 '과야킬 회담'을 가졌다. 1822년 7월 26일부터 이틀간에 걸친 이 비밀회담에서 정확히 어떤 이야기가 오갔는지는 알려진 바가 없다. 회담 후, 산 마르틴은 볼리바르에게 페루 독립의 모든 권한을 넘기고 아르헨티나로 홀연히 떠났다.

함께 손을 잡고 독립한 이후 중남미는 독립할 당시 부왕령 그대로 '멕시코', '그란 콜롬비아', '라 플라타 연합', '태평양 연합' 이렇게 4개

국가로 나뉘었다. 하지만 이내 20여 개 국가로 분열되고 말았다. 카우디요들의 권력 경쟁이 문제였다. 정권장악을 위해 수단과 방법을 가리지 않았다. 합법적인 방법이 아닌 권모술수를 통해 정권을 찬탈하는 행태로 정치적 혼란이 가중됐다. 따라서 라틴 아메리카 민중들은 외국 거대 자본의 막강한 힘에 휘둘려야 했다. 야만적이고 비민주적인 독재정치를 유지하기 위해 연방을 통해 강대국이 된 미국과 라틴 아메리카 수탈을 통해 국부를 쌓은 유럽국가의 힘을 빌렸고 그들의 이권에 따라 좌지우지됐다. 외국의 지원을 등에 업은 독재자들이 중남미의 비민주적 정치문화의 상징이 되었다. 빈부의 격차를 비롯해 굳어져 가는 사회적 모순과 독재정권의 횡포로 힘없는 민중들은 기본적인 생존권마저 누리지 못했다.

이때도 라틴 아메리카 민중들은 하나로 연합해 불합리한 독재정권에 맞서고 라틴 아메리카인의 정체성을 회복하기 위해 노력했다. 그렇게 저항의 물결은 연대를 이루어 온 라틴 아메리카를 휩쓸었다. 이들은 역사의 교훈을 기반으로 현재의 문제를 해결하는 현명함을 드러냈다. 아직도 많은 문제가 산재해 있지만, 중남미를 주목할 수밖에 없는 가장 큰 이유다.

"일어나, 그리고 네 손들을 보렴.
형제들의 손을 잡고 피로써 하나 되어 갈 거야.
오늘은 내일이 되는 시간. 우리를 해방시키자."

– 빅토르 하라, 〈노동자를 위한 기도〉

15세기 초반에서 중반 무렵에 세워진 것으로 추정되는 마추픽추는 날카로운 산들과 깎아지른 절벽에 둘러싸여 있어 아래 세상에서는 이 도시의 존재를 상상조차 할 수 없었다. 그래서 잃어버린 공중도시라는 별명이 붙었다. 높이 5m, 너비 1.8m의 견고한 성벽이 유적을 감싸고 있다. 그리고 계단식 경작지가 유적을 둘러싸고 있다. 산의 경사면을 깎아 일군 밭에 감자와 옥수수, 코카잎 등을 길렀다. 도시 대부분이 산의 가파른 경사면에 있다. 잉카 제국에는 철기, 화약, 수레바퀴가 없었다. 그럼에도 불구하고 엄청난 양의 돌들을 바위산에서 잘라내 수십 km 밖에서 옮겨왔다. 종이 한 장 들어갈 틈 없이 정교하게 돌들을 짜 맞추고 신전과 집들을 지으며 이 도시를 건설했다. 가장 큰 돌은 높이 8.53m, 무게 361톤에 달했다고 한다.

황금을 찾는 침략자들에게 쫓기고 쫓겨 도망친 잉카인들이 비밀도시를 건설하고 훗날 제국의 부활을 도모했다. 그러던 어느 날 갑자기만 명이 넘던 도시의 주민들은 마을을 불태우고는 185구의 미라만을 남겨두고 사라져버렸다. 여성과 노인 그리고 아이들을 땅에 묻고 사라진 이들이 도대체 어디로 향했는지는 아무도 모른다.

1911년에 하이럼 빙엄이 이곳을 다시 찾아내기 전까지 외부 사람 누구에게도 알려지지 않았다. 덕분에 해발고도 2,430m의 산 정상에 자리 잡은 도시는 잉카 제국에서 유일하게 정복자의 탐욕스런 손길이 닿지 않았다. 마추픽추의 입구에는 하이럼 빙엄을 기리는 동판이 새겨져 있다. 이곳을 오르는 길 이름도 하이럼 빙엄 도로다. 이미 이곳 주민들은 마추픽추의 존재를 알고 있었지만, 서방에 이 도시를 처음 알렸다는 이유로 그는 과도한 특혜를 누리고 있었다.

미국 예일대의 역사학자였던 하이럼 빙엄은 잉카 최후의 황제가 우르밤바 강을 따라 빌카밤바로 이동했다는 전설을 토대로 빌카밤바의 보물을 찾아다녔다. 그러던 중 아구아 칼레엔테에 사는 11살 소년에게 마추픽추 꼭대기에 폐허의 도시가 있다는 이야기를 듣게 된다. 소년의 소개로 이곳에 도착한 그는 이곳이 잉카 최후의 황제가 스페인 정복자들에게 저항하기 위해 만든 전설의 도시 '빌카밤바'라고 주장했다. 하지만 사실이 아니다. 현재 이곳이 빌카밤바가 아니라는 것은 확실해졌지만, 이 도시가 세워진 목적에 대해서는 여전히 활발한 논란이 진행 중이다. 이곳에서 발견된 185구의 시체 중 109구가 여성인 점을 근거로 종교적 역할을 수행했던 수도원이었다는 주장, 잉카 황제의 여름 별장이었다는 설명, 자연재해를 피하고자 만든 피난용 도시라는 설 등 추측만 가득하다.

빙엄은 가장 먼저 무려 5,000여 점에 달하는 유물을 빼돌렸다. 페루 정부에 연구 목적으로 단기 반출 허가를 받았지만, 빙엄은 반환 약속을 지키지 않았다. 그가 빌려 간 유물은 아직도 예일대 피바디 박물관에 보관되어 있다. 페루 정부는 예일대를 상대로 유물 반환을 강력히 요구했다. 결국, 미국은 페루에 반환하기로 합의했지만, 지금까지 유물은 페루에 돌아오지 않고 있다. 페루가 귀중한 유물을 안전하게 관리할 능력이 없어서 자신들이 보존해야 한다는 어이없는 핑계만 돌아올 뿐이다.

외부의 문명은 잉카인들의 고도화된 문명의 비법이 자신들에게 전수되지 못한 것을 아쉬워한다. 현대 과학으로도 풀 수 없는 이들의 관개 수로 기술, 그리고 돌을 다루는 건축 기술, 구리를 쇠처럼 단단하게 만들어 사용했던 제련 기술은 아직도 수수께끼 속에 고이 묻혀있다. 그래서 이 문명에 문자가 없었음을 한탄한다.

하지만 유발 하라리의 저서 『사피엔스』에 나와 있듯이 잉카인들은 '키푸'라는 결승문자를 사용했다. 점토판이나 종이에 새겨 기록하는 문자의 형태가 아닌 다양한 색상의 끈을 매듭지어 표현하는 방식이었다. 이 문자로 오늘날 페루, 볼리비아, 에콰도르 그리고 칠레, 아르헨티나, 콜롬비아의 상당 지역을 지배하며 1,200만 명에 가까운 사람들을 효과적으로 통치했다. 각기 다른 색을 지닌 줄에 다양한 매듭을 지어 세금 징수나 재산 소유권과 관련된 방대한 수학적 데이터를 기록할 수 있었다.

유발 하라리에 따르면 이 문자는 매우 효과적이고 정확해 스페인인들은 정복 초기에 이 문자를 활용했다고 한다. 다만 스페인 사람들은 키푸를 쓰고 읽을 줄 몰라서 현지 사람들에게 의존할 수밖에 없었다. 현지인들이 키푸로 기록된 정보를 일부러 오도하며 스페인 사람들을 속였다. 스페인이 이를 방지하고자 이 문자사용을 탄압하기 시작하면서 키푸는 사라지게 되었다. 지금은 해독 기술이 사라져 판독이 불가능하다.

가이드의 설명을 들으며 마추픽추를 바쁘게 거닐었다. 쓸쓸해 보이는 잔해 위로 가이드의 설명이 입혀지니 잊힌 문명의 지혜가 보이기 시작한다. 외롭고도 쓸쓸한 이 고도古都가 평화롭고 경이롭게 다가온다. 가이드의 모든 설명이 끝난 뒤, 일행과 떨어져 홀로 이곳을 거닐었다. 눈에는 마추픽추가 보이고 귀에는 잉카인들의 음악인 'El Condor pasa'와 페루의 민요 'El eco'가 반복해 들려온다. 그들의 스러진 슬픈 문명은 라틴 아메리카인들에게는 자부심으로, 나에게는 비밀스러운 한恨으로 다가왔다.

와이나픽추와 마추픽추를 부지런히 오르내리느라 흐르는 땀과 거친 숨에 휩싸인 나와는 달리 라마가 거니는 마추픽추와 맑은 하늘은 경이롭고 평화로웠다. 그 사이를 살랑이며 불어오는 바람이 여행사의 땀과 숨을 차분히 달랬다. 수수께끼는 세속에 물든 사람들에게 안타까움으로 다가오지만, 자연의 이치 속에서는 고요히 잠든 기억일 뿐이라고 나에게 넌지시 말해주는 느낌이었다. '모른다고 해서 성급하게 덤비지 마라. 놓치지 않으려 욕심내지 마라. 그냥 조용히 걸어보라'고 어리석은 주제에 욕심많고 성급한 나를 차분히 쓰다듬었다.

그럼에도 아직 성급한 나를 다시 달랜 티티카카 호수

볼리비아로 들어가기 전, 페루 사회의 복잡한 매듭은 티티카카 호수로 떠나는 나의 발목을 옭아맸다. 티티카카 호수로 가기 위해 푸노로 가는 길. 밤버스에 동이 터 오르자 길 위에 길게 늘어선 버스의 행렬이 눈에 보이기 시작한다. 남미를 여행하다 보면 이렇게 납치? 혹은 협상의 볼모로 잡히는 경우가 종종 발생한다. 관광지와 대도시의 발전에 비해 소외된 작은 마을에서 도로를 점령하고 시위를 한다. 관광객들에게 불편을 주어 자신들의 요구사항을 정부에 전달하는 방식이다.

창밖으로 양 갈래로 땋은 머리 위에 작은 중절모를 얹고 펑퍼짐한 치마를 입은 인디오 여성들이 큰 짐을 둘러업고 길을 걷고 있었다. 여행객들은 남미 여행의 흔한 사건이라는 듯 태평하게 버스에서 내린다. 넓은 천을 깔고 길가에 누워 한가로이 일광욕을 즐겼다. 하지만 같은 버스에 있던 한국인들은 이런 상황을 즐길 수만은 없었다. '하면 된다. 안 되면 되게 하라'라는 불도저식 교육을 받은 탓인지 모두 짐을 찾아서 근처 마을까지 걸어가기로 했다. 버스 기사와 차장은 우리가 짐을 찾아 걷는 것을 줄기차게 반대했다. 하지만 현실의 불공정을 개선하고자 싸우는 현지 시위대의 열정이 우리의 마음을 더욱 불태웠는지도 모른다. 어떠한 불만 사항도 제기하지 않겠다는 각서를 쓴 후에야 짐을 찾을 수 있었다. 우리가 갖고 있는 짐표와 배낭에 붙여 놓은 짐표 번호를 꼼꼼하게 확인한 뒤 우리는 진취적인 문제 해결 능력을 과시하기 시작했다. 버스 안에서 느긋하게 시간을 보내던 사람들은 의아한 눈빛으로 차창 밖에 우리를 바라봤다.

도로에 돌과 깨진 병을 쌓아 도로를 점거하고 자신들의 구호를 외치고 있는 사람들 사이를 가르면서 마을을 하나씩 넘어갔다. 쉽사리 다른 버스를 찾을 수 있을 거라 생각한 우리의 예상은 보기 좋게 빗나갔다. 강하게 내리쬐는 햇살을 견디며 30kg의 짐을 짊어지고 4시간 가까이 걸으니 조상님의 얼굴이 보이는 듯했다. 언젠가 꿈에서 뵈면 로또 번호를 기필코 물어보리라 다짐했던 인생 계획이 생각나지 않을 만큼 정신이 몽롱했다.

걷고 또 걸으며 아무 생각이 없어졌다. 무의식이 의식을, 발이 뇌를 지배하고 있었다. 좁은 길가를 인디오들과 어깨를 부딪치며 걷다 보니 우리가 밤새 탔던 버스가 보였다. 이때는 뇌가 발로부터 독립해야 했다. 다행히 버스 차장이 우리를 알아보고 버스를 세워 주었다. 그는 친절하게 우리를 맞아 주었고, 우리는 어떠한 대가도 지불하지 않았다. 버스에 누워 있던 승객들의 비웃음만을 샀을 뿐이다.

나만의 방식대로 몸에 익은 관성과 관습대로만 문제를 해결하려 했다. 결과론적이긴 하지만 장애와 방해에 부딪힐 때면 허둥지둥 섣불리 덤비기보다는 때론 흐름에 맡긴 채 묵묵히 기다려 보는 것도 괜찮다고 그들의 비웃음이 가르치는 듯했다. 이 가르침은 현실의 부조리에 맞서고자 투쟁하는 현지인들을 위함이 아니었다. 여행에 불가항력을 맞서고자 내 논리만 내세우며 아등바등했던 나의 조급함을 달래기 위함이었다.

푸노에서 티티카카 호수를 구경하고 볼리비아로 넘어갈 계획이었지만, 도로에서 상당한 시간을 보내는 바람에 티티카카 호수를 포기해야 했다. 이제 티티카카 호수의 우로스 섬은 관광객을 위한 거대한 세트장으로 변질됐다는 가이드북의 의견을 위안 삼아 아쉬움을 달래야 했다. 선택의 갈림길에서 기회비용을 계산하며 안타까움을 만들어내기보다는 변수가 연주하는 흐름의 변주에 순응하는 편을 택하기로 했다. 티티카카 호수에 있는 태양의 섬 '이슬라 데 솔'이 우유니 소금사막을 뛰어넘는 볼리비아 여행의 하이라이트라는 다른 여행객의 추천은 그냥 무시해 버렸다.

아직은 멀게만 느껴지는 변화

📍 라파즈

"버섯과 똥 무더기의 관계는 많은 불평등한 나라들의 국경에 존재한다."

– 폴 서루, 『더 올드 파타고니아 익스프레스』

남미 독립 영웅 시몬 볼리바르의 이름을 딴 볼리비아. 헌법상의 수도는 수크레지만 행정 수도 라파즈가 실질적인 수도 역할을 담당하고 있다. 남미에서 가장 자원이 많은 나라 중 하나지만 가장 가난한 나라다. 밤에 라파즈로 들어오는 버스에서 봤던 야경의 아름다움이 걷히자 한낮의 라파즈가 보여준 민낯은 한없이 초라했다.

조악한 도시의 모습은 해발고도 3,660m가 주는 답답함에 더욱 무거운 무게를 가한다. 거리에는 검은 매연을 내뿜는 낡은 자동차들이 가득하고 건물은 위험할 정도로 낡아 있다. 골목은 낙서와 쓰레기들이 가득하다. 도시 전체가 슬럼가같이 느껴진다. 세계의 수도 중 가장 높은 해발을 자랑하는 이 도시에 공기의 밀도는 낮았지만, 생의 밀도는 벅찰 정도로 촘촘했다.

그래서일까? 불편하고 답답한 기운이 도시 전체를 감싸고 있었다. 국경을 넘었을 때만큼이나 기분이 씁쓸하다. 합리적인 질서 따위는 볼리비아의 첫인상에서 찾기 힘들었다. 페루 쿠스코에서 볼리비아 입국 비자를 받기 위해 많은 서류를 준비해야 했다. 하지만 볼리비아 대사관은 공지된 시간보다 빨리 문을 닫았고, 나는 할 수 없이 많은 돈을 지불하고 국경에서 비자를 발급받았다. 황열병 예방 접종 카드와 통장 잔고 증명서는 필요가 없었다. 100달러가 넘는 지폐 뭉치만이 필요했다.

8년간 유엔 인권위원회 식량특별조사관으로 활동하고 『왜 세계의 절반은 굶주리는가』와 『탐욕의 시대』를 집필해 국내에도 잘 알려진 장 지글러는 그의 3번째 책 『빼앗긴 대지의 꿈』에서 '볼리비아 새로운 시작'이라는 장을 통해 상처를 이겨내고 새로운 희망을 실현하는 볼리비아의 모습을 소개했다.

"형제자매들이여, 여러분 덕분에 볼리비아 역사에서 처음으로 아이마라, 케추아, 모헤뇨들이 대통령이 되었습니다. 저 혼자만 대통령이 아니라 여러분 모두가 대통령입니다."

– 에보 모랄레스, 대통령 취임 연설

2006년, 볼리비아에는 에보 모랄레스가 대통령으로 선출됐는데 500년 만에 처음으로 원주민 출신이 대통령으로 당선된 것이었다. 그는 민영화로 서구 대기업에 넘어간 에너지 주권을 회복하기 위해 노력했다. 볼리비아는 원래 자원이 풍부한 나라이기 때문에 부자 국가가 될 수밖에 없는 조건을 갖추었지만 가난하게 살았다. 오히려 자원이 많은 탓에 주변 국가의 침략을 받아야 했기 때문이다. 그리고 가장 큰 문제는 내부의 적이었다.

에보가 대통령이 되기 전, 볼리비아 지도자들은 나라를 팔아넘기기 시작했다. 돈이 되는 모든 자원을 민영화를 시켜 외국에 팔아넘겼다. 석유, 천연가스, 철도, 통신과 같은 중요 시설이 외국의 손아귀로 넘어갔다. 그 대가로 호화 저택에 머물며 개인 재산을 축적해 나갔다. 로사다 대통령은 더 이상 팔 게 없어지자 물까지 영국 회사에 넘겼다. 생존과 직결된 자원마저 민영화를 시켜 외국에 팔아넘긴 탓에 사람들은 물을 얻을 수 없었다. 민영화 이후 가파르게 솟아오른 수도 요금을 감당할 수 없었기 때문이다.

에보는 가장 먼저 국가 주요 기반 자원을 국유화했다. 비밀리에 치밀한 계획을 세워야 했다. 워낙 남미에서 창출되는 수익이 큰 탓에 탐욕스런 자본은 수단과 방법을 가리지 않고 국유화를 저지해 왔다. 1981년 에콰도르의 롤도스 대통령은 유전을 국유화하겠다고 발표하자마자 의문의 비행기 폭발 사고로 목숨을 잃었다. 에보는 현명하고 전략적인 방법으로 서구 자본에 잠식된 에너지 기업을 공기업으로 전환했다. 여기서 얻은 수입으로 공공채무를 상환하고 빈곤을 퇴치하는 공공지출을 늘렸다. 아이들을 위한 의료시설을 확충하고 인디언 극빈사들에게 신분증을 발급했다.

하지만 볼리비아 개혁의 길은 꽃길이 아니었다. 어린이들의 약 90%가 초등학교에 입학하지만, 대부분 생활고 때문에 평균 1년 정도밖에 공부하지 못한다. 교육이 제대로 이루어지지 않으니 산업 전반에 전문 인력이 부족하다. 때문에 그의 개혁에 힘을 실어줄 참모진이 없다. 아직도 원주민들은 가난에 허덕이며 인구의 2/3가량이 농사로 근근이 먹고 살아간다. 가장 큰 문제는 내부 갈등이다. 극단으로 갈리는 내부 이익단체들은 모두 국가의 암적인 존재다. 우리나라의 극우세력과 극좌세력이 첨예하게 대치해도 궁극적으로는 나라발전에 전혀 도움이 안 된다는 면에서 서로 많이 닮아있다. 볼리비아는 친미 친서방 정책을 강력히 요구하는 극우파와 모든 백인을 쫓아내자는 근본주의적 민족주의 원주민 단체 사이에서 골머리를 앓고 있다. 가난과 싸우기 위해 국가적 역량을 모아야 할 때지만, 분열과 반목을 수습하기도 벅차다.

인생은 자전거타기

데스로드

세상에서 가장 무서운 도로로 꼽히는 볼리비아 '융가스 도로Yungas Road'. 차량 한 대가 겨우 지나갈 수 있는 좁은 일차선 도로는 구불구불 굽어 있고 도로는 포장이 안 된 탓에 울퉁불퉁하다. 사각지대가 많아 한 해 평균 200명의 사람들이 이곳에서 목숨을 잃었다고 한다. 이 때문에 '데스로드죽음의 도로'라는 별명이 붙었다.

융가스 도로는 볼리비아의 수도인 라파즈와 코로이코를 연결하는 해발 600m 산악지역에 위치하고 있다. 과거에는 두 지역을 잇는 유일한 도로였기 때문에 사람들은 위험한 이 도로를 통과해야 했다. 한 해 1,500명의 사망자가 나왔을 정도였다. 이 도로를 대체하는 고속도로가 생긴 후에는 자전거 투어로만 이용되고 있다. 가드레일과 같은 도로 안전장치가 미비해 475m 아래로 떨어지는 낭떠러지가 도로 위의 사람들에게 공포감을 선사한다. 지금도 해마다 이곳에서 자전거 사망 사고가 발생한다.

하지만 이곳에는 더 큰 비극이 관련되어 있다. 데스로드는 1935년 전쟁포로를 동원해 만든 비포장도로다. 1932년 볼리비아와 파라과이 사이에 차코 전쟁이 일어났다. 태평양 전쟁에 패배하고 칠레에게 영토를 빼기면서 내륙국이 된 볼리비아는 대서양과 연결된 강이 흐르는 차코 지역의 영토 수복이 절실했다. 차코는 원래 식민지 시절까지는 볼리비아의 영토였는데 독립 전쟁 중 이 땅은 파라과이의 소유가 된다. 볼리비아와 파라과이는 이 문제를 놓고 갈등을 키워 나갔다.

그러던 중 이곳에 막대한 양의 석유가 매장되어 있다는 소문이 퍼지기 시작한다. 미국의 석유왕 록펠러가 볼리비아를 지원하고 셸 사가 파라과이를 지원하면서 전쟁을 일으켰다. 4년 동안 13만 명의 목숨을 앗아간 전쟁은 파라과이의 승리로 끝이 난다. 셸 사는 이곳의 유전을 개발했지만, 석유가 매장되어 있다는 예측은 거짓말로 드러났다. 석유는 한 방울도 발견되지 않았다.

64km를 달리는 데스로드 투어는 이른 아침, 해발 4,700m 지점인 La Cumbre에서 시작된다. 가이드의 안전 교육을 받고 나면 아스팔트로 된 신도로를 시작으로 투어가 시작된다. 20km 정도 되는 이 구간이 끝나면 좁은 비포장도로가 이어지며 본격적인 데스로드가 시작된다. 폭포 물살을 맞으면서 진흙탕에 거칠게 자전거 바퀴를 구르며 산허리의 구름을 가르는 기분이 꽤나 스릴 있다.

누구와 같이 일을 해야 할 때, 어설프게 아는 사람이 가장 위험하듯, 이 도로에서도 어설프게 자전거를 잘 타는 사람이 가장 위험하다. 실력이 없으면 자신이 없어 안전하게 자전거를 타지만 애매한 실력과 과도한 자신감이 만나면 사고라는 화학작용을 일으킨다. 그렇다고 해서 안전에 크게 걱정할 필요는 없다. 앞에서는 가이드가 이끌어주고 뒤에서는 안전 차량이 항시 뒤따라온다. 그리고 이 길이 자전거 투어 프로그램으로만 이용되는 덕분에 예전의 높은 악명과는 달리 곳곳에 안전 설비들이 약소하게나마 설치되어 있다.

많이 타던 자전거였지만 이 위험한 도로에서 맘을 졸이며 때론 흥분에 휩싸여서 자전거를 타니 자전거 타는 법이 새로 보이기 시작했다. 홀로서기를 할 때부터 진정한 자전거 타기와 진정한 삶이 시작되듯 자전거 타는 법과 인생을 살아내는 일에는 꽤 공통되는 지점들이 있었다.

"인생은 자전거를 타는 것과 같다. 균형을 잡으려면 움직여야 한다."

– 알버트 아인슈타인

① 적당한 시선을 유지할 것. 너무 멀지도 않고 너무 가깝지도 않은 곳을 바라보아야 한다.

② 가장 위험하고 불안한 상태일수록 화려한 기술이 아닌 가장 기본적인 규칙이 필요하다.

③ 앞으로 나아가기 위해선 자기 자신의 힘이 필요하다.

④ 그 동력으로 자신만의 속도를 유지해야 한다.

⑤ 자신만의 속도란 균형을 잡을 수 있는 최대 속도다.

⑥ 열정을 다해 앞으로 나아간다고 해서 평탄한 것은 아니다. 울퉁불퉁한 길 위에 많은 충격과 위험이 있다. 흔들리고 뒤엉켜 주체할 수 없을 때가 자주 온다.

⑦ 쉴 새 없이 들이닥치는 충돌과 충격을 보호하기 위해 가장 필요한 것은 내부의 완충장치다. 외양의 화려함과 빠른 속도를 보장하는 스펙이 아니다.

⑧ 두렵고 위험한 신호가 오면 더 달리기보다는 멈출 준비를 해야 한다. 주저 없이 멈추되 급하게 멈추지 마라. 멈출 채비를 한 뒤에 서서히 속도를 늦추어라.

⑨ 그럼에도 자전거를 타려면 넘어질 각오를 해야 한다.

뒤틀린 시공간 속으로

우유니 소금 사막 투어

우유니 소금사막은 해발고도 3,653m의 높이에 12,106㎢의 면적을 자랑하는 세계 최대의 소금사막이다. 알티플라노 고원에 위치한 이곳은 여행의 욕구를 부추기는 사진에 항상 등장하며 비현실적인 분위기의 사진을 남길 수 있는 곳이다.

아주 오래전, 이곳은 거대한 호수였다. 긴 세월이 흐르는 동안 건조한 기후는 호수의 물을 증발시켰다. 1만2000년 전 물이 사라진 자리에 소금 결정만 남아 거대한 소금 사막이 만들어졌다. 12월부터 2월까지 이어지는 우기 동안 얕은 물이 고이면 소금 사막은 거울이 되어 하늘을 그대로 반사한다. 이런 경이로운 풍경이 아마도 사람들을 우유니로 인도하는 가장 주된 이유일 테다.

나도 이 비현실적인 풍경을 보기 위해 이곳을 찾았다. 소금 호텔에 머물며 커다란 생수통을 서로 기울여주며 힘겹게 씻어야 하는 어려움도, 푸세식 화장실에서 전에 쓴 사람의 장 건강상태를 적나라하게 확인해야 하는 구역질 나는 경험도 참을만했다.

기차의 무덤을 지나 한참을 달려 소금 사막 한가운데 도착했다. 소금으로 지은 호텔은 어느 건물보다 단단했고, 방치된 기차는 고풍스럽고 멋스러운 분위기를 연출하고 있었다. 이런 모습은 우유니 소금 사막을 들어서는 나의 마음을 더욱 부풀게 했다. 하지만 불행히도 불과 어제까지 있었다는 사막 거울은 오늘에는 말라 없어진 듯했다. 3대가 덕을 쌓아야 볼 수 있다고 할 수 있을 정도로 정확한 시기를 맞추기가 상당히 어렵다. 보통 우기에 가면 볼 수 있다고 생각하지만, 비가 많이 오는 본격적인 우기가 시작되면 염지가 물에 잠겨 아예 출입이 불가능하다. 비가 이 소금 사막을 가볍게 적실 때만 하늘을 오롯이 품은 소금 사막 위에 설 수 있다. 본격적인 우기가 시작되기 전, 민감하고 짧은 과도기에 이곳을 찾아와야 한다.

나는 그 시기를 맞추고자 했지만, 하필 소금 평원이 하늘의 물을 모조리 빨아들인 날에 이곳에 도착했다. 거울 위에서 사진을 찍기 위해 사람들은 일정을 미뤄가며 조정하기도 한다. 불과 어제만 해도 있었다던 소금 사막 위에 투명한 거울은 하얀 도화지 아래로 사라졌다. 뜨거운 햇볕이 하얀 소금 위에 그대로 반사되어 아래위로 나를 굽고 있었다. 소금이 깔린 불판 위에서 구워지는 새우의 고통을 체험할 수 있었다. 새벽녘에 겪었던 매서운 추위를 계속 상기하며 뜨거운 태양을 감사한 마음으로 맞이했다. 하얀 사막을 가로질러 달리는 기분은 어디서도 느껴보지 못했을 정도로 비현실적이었다. 아이러니하게도 절대적인 평온이 공허하게 가득 차있는 순백의 땅은 관광객들의 욕구를 가득 실은 검은 지프차가 여기저기 내달려도 그 순수함을 잃지 않았다.

사막에 하늘이 고스란히 내려온 기이한 풍경이 없더라도 이 거대한 하얀 도화지 같은 사막은 마치 공간이 뒤틀린 듯한 특별한 장면들을 연출한다. 땅끝까지 펼쳐진 하얀 사막에는 소금이 오각형 혹은 육각형으로 갈라져 있고 넓게 보면 곱게 펴진 거대한 도화지 같다. 이 순백의 대지 위에서는 원근법이 상식과 다르게 나타난다. 재미있는 사진을 찍기 좋다. 조금만 뒤로 떨어져 있어도 사람이 개미만큼 작아지고 살짝 뛰어올라도 하늘을 나는 듯한 모습이 카메라 프레임에 담긴다. 해가 땅에 닿으면 내 그림자는 무한대로 길어지기도 한다.

뜨거운 낮 시간에는 하늘이 땅에 내려와 앉는다면 차가운 밤에는 땅의 소금이 하늘로 올라간다. 지프차가 그린 하얀 길은 은하수가 되어 흐르고 바퀴에 부서진 소금 파편들은 무수히 많은 별들로 태어나 고요하고 적막한 우유니 소금 사막을 찾아온다. 낮의 온기가 밤의 냉기로 바뀌는 순간 확 달라진 분위기를 풍긴다. 이때야 비로소 열망에 휩싸였던 여행객도 평온한 순수에 조용히 동화된다.

볼리비아 남서부

코카잎을 운전사가 또 건넨다. 내 볼은 도토리를 가득 담은 다람쥐의 볼처럼 둥글게 부풀어 올랐다. 스페인어를 조금 할 줄 안다는 이유로 운전사와 아주 기초적인 대화를 나눠야 했고, 단순한 이야기를 통역해야 했다. 그 대가로 나는 코카잎 씹는 법을 배워야 했다. 이제 좀 코카잎 씹는 법이 익숙해지니 선잠에 빠지거나 몽롱한 기분에 빠지는 일은 견딜만해진 것 같기도 했다.

사륜구동 지프차를 타고 남서쪽 순환로를 따라 파우나 안디나 에두아르도 아바로아 국립공원으로 향하는 길이다. 우리를 태운 차량은 평온한 이 땅에 모래 먼지를 흩날리며 질주한다. 황량한 이 땅에도 기이한 풍경들이 곳곳에 펼쳐져 있다.

코카 향을 풍기며 짧은 스페인어로 운전기사와 농담을 주고받았다. 창밖의 풍경이 조금이라도 달라질 때면 기사는 사진 찍기를 권유했다. 차에 내리고 타는 일이 수시로 반복되어 짜증이 날 법도 했지만 기이한 풍광과 그 안에 서식하는 다양한 야생 동물을 바라보는 재미가 나의 피곤을 꽤 능숙하게 달래주었다.

사막에 핀 이끼인 야레이차가 길가에서 낮은 자세로 여행자를 맞이한다. 그 뒤로는 바람이 오랜 시간 조각해 온 기암괴석들이 이 땅의 신비로움을 더한다. 선잠을 깨어가며 마주친 풍경은 마치 아직도 꿈속을 헤매는 듯한 기분이 들게 했다. 몽환적인 분위기 속에서 바라보는 특별한 풍경은 내가 몰랐던 지구의 다른 얼굴을 보는 것 같았다. 신비롭고도 은밀한 느낌으로 다가왔다. 운전자 옆에 앉아 잠을 쫓기 위해 이동하는 내내 씹어댄 코카잎과 나른한 고산의 기운 때문인지도 모르겠다.

'라구나 베르데초록 호수', '라구나 콜로라다붉은 호수' 등 이곳에서 만나게 되는 호수는 대부분 침전물의 특성에 따라 다양한 색을 뽐내고 있다. 무엇을 품었는가가 그 전체의 색을 결정한다. 하지만 일부가 전체를 대변해 모두의 색을 무자비하게 통일시키기도 한다. 가장 뚜렷한 목소리를 내는 일부가 전체를 대표하게 되고, 그 안의 다른 부분들은 쉽게 간과된다. 그럼에도 저들의 뚜렷함은 영겁의 세월을 견뎌낸 그 인내와 내공으로부터 기인하기 때문에 그만큼 강인하다. 그들이 참아낸 세월을 생각한다면 그들의 색깔이 비의 공급 없이 버텨온 호수 하나를 대표하는 건 어쩌면 당연한 이치라는 생각도 든다.

건조한 기후 속에서 아름답고도 신비한 색채를 내는 호수들을 바라보며 괜한 상념에 젖었다. 생각이 길을 잃고 헤매며 더욱 기분을 몽롱하게 만들었다. 몽롱한 기분이 마치 다른 시간에 있는 듯한 느낌을 가져온다. 지프차는 빠르게 건조한 바람을 가르지만, 시간은 고요함과

차분함 속에 아주 느리게 흘러간다. 마치 살바도르 달리의 그림 속에 있는 듯한 착각이 든다.

매섭게 추운 호텔에서 묵은 뒤 '솔 데 마냐나'라는 간헐천 지대를 둘러보았다. 4,200m에 위치한 폴케스 온천에서 관광객이 모이기 전 뜨거운 물에 몸을 담갔다. 혼곤한 몸과 몽롱한 정신에 나른함이 밀려온다. 이제 칠레로 넘어간다. 이별이 아쉬웠던 걸까? 여행자가 아쉬움을 느끼지 못하도록 볼리비아는 여행의 마지막 시간을 꿈속의 장면처럼 흐릿하게 그려내고 있었다.

별들의 고향

산 페트로 데 아타카마 – 달의 계곡

"칠레 아타카마 사막. 내가 지구상에서 가장 좋아하는 곳이야. 일조량이 많고 건조하고 하늘도 맑아서 밤이 되면 사막 위로 별이 쏟아지는 기분이 들거든."

– 드라마 〈별에서 온 그대〉

세상에서 가장 건조한 지역으로 불리는 아타카마 사막. 습도가 0을 기록하는 땅이다. 습도가 0이라고 함은 하늘의 구름도 모두 말라버린 극한의 건조함을 뜻한다. 1570년부터 1971년까지 무려 401년 동안 비가 한 방울도 내리지 않은 땅이다. 그래서 이곳에서는 어떠한 생명체도 쉽게 찾아볼 수 없다.

하지만 밤이 되면 이곳에 가장 많은 별들이 찾아온다. 가장 투명한 하늘을 지닌 덕분에 지구상에서 가장 별이 잘 보이는 곳. 우주의 얼굴을 가장 잘 관찰할 수 있는 지역이다.

거대한 황토빛 작품은 황량한 아름다움을 지니고 있다. 광활한 사막은 땅과 우주의 모습을 적나라하게 드러낸다. 달의 계곡은 오랜 시간 동안 비바람에 침식된 모래 바위들이 마치 달의 모습과 같다고 해서 붙여진 이름이다. 태초의 모습을 간직하고 있는 곳. 원시적인 모습은 신비롭고 경이롭다.

지금은 가장 건조한 지역이지만 예전에는 비가 내렸고, 이곳에 뿌리내린 생명이 있었다. 두꺼운 모래 퇴적층 사이에 가끔 보이는 식물의 흔적이 이를 방증한다. 그리고 지금은 폐허로 남은 소금광산의 모습과 흙으로 된 지층이 이곳이 예전에는 호수임을 증명한다. 혹자는 소금호수가 있었다는 점을 근거로 이곳이 바다였을 것이라고 추정하지만, 사실이 아니다. 단층이나 습곡이 만든 거대한 분지에 물이 고여 호수가 된다. 호수로 나트륨이 흘러들어오고 화산폭발로 염소가 공급되어 염화나트륨인 소금이 만들어지기도 한다. 달의 계곡에 있는 소금은 바다에서 올라온 것이 아니다. 주변의 산지와 화산에서 나온 나트륨과 염소 이온이 화학작용을 일으켜 만들어진 소금이다. 우유니 소금사막도 이와 같은 이치로 만들어졌다고 추정된다.

아타카마 사막은 지금 생명이 있기 전에 초심의 모습으로 돌아간 듯하다. 대서양의 습기를 잔뜩 머금은 바람이 안데스 산맥을 만나 엄청난 비를 뿌린다. 그 결과 아마존 정글이 탄생했다. 안데스를 넘어간 바람은 모든 습기를 미련 없이 떨어낸 탓에 고온 건조해지며 아타카마 사막을 만들었다. 남미를 가르는 안데스 산맥은 이 바람과 함께 동쪽을 가장 강수량이 많은 아마존 지역으로, 서쪽은 강수량이 가장 적은 아타카마 사막으로 나누었다. 그리고 인간이 벌인 전쟁은 이곳을 볼리비아에서 칠레로 바꾸었다. 이곳은 이렇게 변화해왔다. 사막은 입김을 불어 내 발자국마저 황금물결로 금세 다시 바꿔버리곤 했다.

기암괴석이 끝없이 이어져 있고 그사이에는 미처 밤에 이곳에 놀다 집에 들어가지 못한 별들이 석영이 되어 땅에 박혀있다. 보름달이 뜨면 이 별들은 땅에서 빛나며 별의 모습을 되찾는다. 과연 지구의 모습이 아니라는 생각이 들 정도로 오묘하고 신비롭다. 밤이 되어 별들이 놀러 오기 전 이 사막은 붉게 옷을 갈아입으며 손님을 맞을 준비를 한다.

해가 지는 반대편으로 보랏빛에서 붉은빛까지 고루 펼쳐지는 화려한 그러데이션이 하늘을 수놓는 모습은 잊지 못할 장면이다.

아타카마 사막과 태평양 전쟁

새똥 때문에 스페인을 상대로 전쟁을 벌인 페루와 칠레는 '구아노 전쟁'을 승리로 이끌었지만, 구아노가 고갈되면서 경제적 위기에 봉착한다. 그러던 중 페루와 볼리비아, 칠레의 접경지대인 아타카마 사막에서 많은 양의 광물이 발견되면서 남미태평양전쟁War of the Pacific Coast of South America이 시작된다. 당시 대부분의 아타카마 지역은 페루와 볼리비아에 속해 있었지만 페루, 볼리비아, 칠레 3개국에 의해 공동관리되고 있었다. 하지만 불모지인 탓에 모두 큰 관심이 없었다.

광물 개발은 칠레 기업이 담당했다. 1860년대 비료와 화약의 원료가 되는 질산염 광물인 초석硝石이 발견되면서 볼리비아는 칠레가 선점하고 있던 광물개발에 제동을 걸었다. 볼리비아는 칠레의 광물 회사에게 허가해 주었던 개발권을 회수하려 했다. 페루는 아타카마 사막에 있는 막대한 구아노를 획득하기 위해 볼리비아와 연합했다.

새똥 때문에 또다시 전쟁이 발발했다. 미국은 볼리비아와 페루를 지원했고 영국은 칠레를 지원했다. 지원했다는 표현은 부적절할지도 모른다. 전쟁을 빌미로 엄청난 양의 무기를 팔아넘겼다. 전쟁은 5년이 지난 뒤, 결국 칠레의 승리로 끝이 났다. 볼리비아와 페루는 국토의 일부를 잃었다. 볼리비아는 내륙국이 되었다. 지금 해군은 상징적인 의미로만 남아 바다가 아닌 티티카카 호수를 지키고 있다. 그리고 페루, 볼리비아 그리고 칠레 이 세 나라는 엄청난 외채를 짊어지게 되었다. 하지만 칠레는 이 지역의 지하자원 덕분에 금방 외채를 갚을 수 있었다. 반면 페루는 국가 수입의 1/3을 담당하던 지역을 빼앗긴 데다 전쟁 배상금과 불어난 외채로 몰락의 길을 걷게 된다.

1973년 9월 산티아고,
세 남자 이야기

첫 번째 남자, 살바도르 아옌데

1973년 9월 11일 오전 8시 30분, 칠레 산티아고 라디오에서는 "산티아고에 비가 내린다." 라는 일기예보가 반복된다. 하지만 그날은 화창한 봄날이었다. 이는 쿠데타를 알리는 군부의 암호였다. 미국의 지원을 받아 살바도르 아옌데 대통령을 사살하려는 피노체트 군부의 쿠데타가 시작되었다.

쿠데타 세력은 아옌데 대통령에게 투항할 경우 신변을 보장하고 해외로 내보내 주겠다고 제안했다. 아옌데는 거절했다. 곧이어 그의 마지막 연설이 아직 쿠데타 세력에게 접수되지 않은 유일한 국영방송인 마가야네스 라디오Radio Magallanes를 통해 흘러나왔다.

"나의 벗들이여, 지금 여러분에게 연설할 수 있는 마지막 기회입니다. 공군이 라디오 마가야네스의 안테나를 폭격했습니다. 저에게 남겨진 유일한 것은 이 말뿐입니다. 노동자들이여, 나는 물러나지 않습니다! 여러분께 말하겠습니다. 우리가 수천, 수만 명의 칠레인들에게 뿌린 씨앗은 영원히 시들지 않을 것임을 확신한다고. 사회의 진보는 범죄나 힘으로 막아낼 수 있는 게 아닙니다. 역사는 우리의 것이며, 역사를 만드는 것은 민중입니다.

국민 여러분, 당신들이 한결같이 보여주었던 충성과 믿음에 감사하고 싶습니다. 여러분은 대리인에 불과한 이 사람에게 크나큰 믿음을 보내주었습니다. 무엇보다도 이 땅의 겸손한 여성들, 우리를 믿어준 캄페시나campesina, 시골 여성들, 아이들에게 우리가 관심을 쏟고 있다는 걸 알아준 어머니들에게 이야기하고자 합니다.

노동자, 농민, 지식인들에게 말씀드립니다. 라디오 마가야네스는 곧 끊어질 것이고, 차갑게 식은 금속 장치에 갇혀 제 목소리는 더 이상 여러분들에게 닿지 않을 것입니다. 그래도 여러분은 계속 귀를 기울이고 있겠지요. 저는 언제까지나 여러분들 곁에 있을 겁니다.

민중은 스스로를 지켜야 합니다. 스스로를 희생해서는 안 됩니다. 이 나라의 노동자 여러분, 저는 칠레를 믿고 칠레의 운명을 믿습니다. 반역자들이 기승을 부리면 또 다른 이들이 이 어둡고 비통한 순간을 극복해낼 것입니다. 그렇게 알고 앞으로 나아가십시오. 머지않아 자유를 사랑하는 사람들이 더 나은 사회를 향해 위대한 길을 열 것이라 여러분과 함께 믿습니다. 칠레 만세! 민중 만세! 노동자 만세! 이것이

저의 마지막 말입니다."

협상 시한인 오전 11시가 되자 측근들은 모두 대통령과 마지막까지 함께하기로 작정했고, 아옌네는 쿠바의 피델 카스트로에게 선물 받은 기관총을 집어 들고 항전을 준비한다.

11시 55분, 공군 폭격기가 대통령 관저에 폭탄을 떨어트리기 시작했다. 양측의 총격전이 시작된다. 오후 1시 30분, 구데타 세력은 마지막 기회라며 전원 투항하고 망명하기를 권유했다. 아옌데는 이 순간이 마지막임을 깨닫고 자신도 곧 투항할 거라고 설득하며 측근들에게 투항을 명령했다. 그리고 아옌데는 사망했다. 자살이라는 의견과 사살되었다는 견해가 있지만 어찌 됐든 아옌데의 최후는 끔찍했다. 두개골이 갈라지고 뇌가 끔찍하게 손상된 모습이었다.

곧이어 수립된 피노체트의 군사독재정권은 이후 17년 동안이나 철권을 휘둘렀다. 잔혹한 인권 탄압으로 사망자와 행방불명자가 수만 명에 달하고 2만8천 명의 고문 피해자가 생겨났다. 해외로 망명한 사람도 수십만 명에 달했다. 피노체트는 독재 기간에 남미 현대사에서 가장 잔인했던 피의 숙청을 단행했다. 칠레는 그전까지 비교적 긴 민주주의 전통을 지니고 있었다. 1818년에 독립한 칠레는 1831년에 헌법을 제정하고 민주공화국이 되었다. 이후 150년간 다른 인접국에 비하자면 비교적 평화적인 정권 교체가 이루어졌다. 1973년 이 봄날은 오랜 시간 유지해왔던 민주주의가 사망한 날이기도 하다. 그렇게 산티아고에는 비가 내렸다.

살바도르 아옌데는 칠레 민중을 위한 사회 개혁과 경제 발전을 목표로 삼고 1952년과 1958년, 1964년 세 차례나 6년 임기의 대통령에 도전했지만 모두 실패로 끝났다. 1970년 9월 4일에 치러진 대통령 선거를 앞두고 공산당 후보로 대선에 출마하려던 국민시인 파블로 네루다가 기권하면서 진보진영 후보 난일화가 이뤄졌다. '인민연합Unidad Popular' 후보로 나선 아옌데가 대통령으로 당선됐다.

당시 칠레는 극심한 빈부 격차에 계급, 이념 간의 충돌이 심각했다. 군부에는 친미 기득권층이 포진해 있었고, 구리광산을 비롯한 칠레의 자원과 산업은 미국에 종속된 상태였다. 아옌데는 대통령이 되고 15세 이하 어린이들에게 하루 0.5L의 분유를 무상배급하는 정책을 추진했다. 당시 칠레는 어린이 영양실조 문제가 심각한 상황이었다. 하지만 칠레의 분유 시장을 독점하고 있던 다국적 기업 네슬레의 반발에 부딪혔다. 그리고 풍부한 자원 매장량을 자랑하던 구리 광산을 국유화하는 시도를 했다. 이는 미국 기업의 강한 반발에 부딪혔고, 미국 정부는 살바도르 아옌데를 제거하기 위한 은밀한 작전을 시작한다.

1959년에 쿠바의 공산화로 미국은 큰 충격을 받은 상태였다. 미국 경제의 화수분 같은 역할을 담당했던 라틴아메리카가 경제적 독립을 이루어 나가는 변화가 탐탁지 않았다. CIA는 반反아옌데 공작을 실시했고, 아옌데 정권 수립 후에는 칠레에 원조를 중단하고 군부와 접촉하는 등 쿠데타를 조장했다. 당시 미국의 치졸한 공작으로 칠레의 경제는 최악으로 치달았다는 것이 일반적인 평가다.

칠레에 좌파 정권이 들어서자 미국은 칠레 경제를 파탄에 빠뜨려 민심을 돌리고자 했다. 그리고 한편으로는 군부 쿠데타를 유도했다. 미국이 비축 중이던 구리를 시장에 대량으로 풀어버리자 칠레의 주요 수출품 중 하나인 구리 가격이 폭락했다. 이에 그치지 않고 운수 업계의 파업을 조장하고 공장과 광산 노동자들의 태업을 부추겼다. 당연히 칠레 경제는 무너지기 시작했다. 군부에는 800만 달러가 넘는 자금을 지원했다. 자본가와 지주들은 아옌데 정권을 집요하게 흔들었고 야당은 그의 정책에 사사건건 시비를 걸었다. 대권 당시 아옌데의 득표율은 36.2%로, 2위의 우파 후보가 기록한 34.9%와는 1.3%의 차이에 불과했다. 지지 기반이 그만큼 취약했기 때문에 아옌데를 흔들기란 그리 어려운 일은 아니었다.

처음 1년간 아옌데 정권은 이른바 '칠레식 사회주의'로 불리는 일련의 개혁 정책을 야심 차게 시작했다. 하지만 곧이어 갖가지 문제가 동시다발적으로 터져 나왔다. 무엇보다도 경제가 끝없이 추락하면서 민심이 크게 동요했다. 칠레 군부는 아옌데의 당선 때부터 심상찮은 움직임을 보였다. 군부의 중립을 주장했던 육군참모총장이 암살되었다. 그럼에도 1973년 3월 치러진 총선에서 아옌데가 이끄는 인민연합이 과반의 지지를 확보했다. 이를 발판 삼아 아옌데는 본격적인 개혁에 들어가기 위해 재신임 투표를 실시하기로 했다.

예정된 투표일은 1973년 9월 12일이었다. 투표 전날인 11일, 미국이 기획하고 칠레 군부가 실행에 옮긴 쿠데타가 일어났다. 미군의 지원을 받은 군부는 군사혁명위원회를 만들고 아우구스토 피노체트를 육군 최고사령관을 의장으로 선출했다. 피노체트가 이끄는 군부는 대통령 관저를 포위했고, 얼마 뒤, 쿠데타 사령부인 군사혁명위원회에 전문이 전달된다. "임무 완수, 모네다 접수, 대통령 사망." 그렇게 아옌데가 이끌었던 사회주의 정권은 1,042일 만에 막을 내리고 말았다.

아옌데를 향한 부정적인 평가도 없지 않다. 그의 신중치 못한 급진적인 행보가 개혁을 실패로 이끌었다. 그의 개혁은 가장 강한 국가인 미국을 상대해야 했다. 그러기엔 6개의 진보 정당이 연합한 36.2%의 지지는 너무나도 취약했다. 같은 진보성향을 지니고 있다 하더라도 이익집단인 정당 간의 연합은 언제든지 분열될 수 있다. 우파 세력의 맹공과 국민들의 지나친 불신을 수습하고 좌파 내부의 분열을 막을 만한 리더십이 부족했다. 결국, 개혁의 무리한 진행속도가 그의 발목을 잡았다. 하지만 빈부 격차를 해소하고 탐욕스런 외국 자본의 횡포를 규제하고자 했던 개혁 자체가 문제는 아니었다. 방향은 옳았지만, 그 방식이 적절하지 못했을 뿐이다. 그가 꿈꿨던 이상을 옳았지만, 현실이 뒷받침하지 못했다.

나는 42년이 지난 후에 그가 마지막을 맞이한 모네다 궁전 앞에 섰다. 1805년에 완공된 이곳은 본래 조폐국 건물이었다가 1846년부터 대통령의 거처로 사용되고 있다. 모네다 궁 뒤에 살바도르 아옌데의 동상이 서 있다. 피노체트의 군부에 항거하다 무참히 생을 마감한 그의 모습이 참 쓸쓸하게 보인다. 모네다 궁 맞은편 카레라 호텔 벽면에 아직도 남아있는 총탄의 흔적들이 그 날의 모습을 짐작하게 한다. 모네다 궁을 둘러보고 나오니 궁 앞 헌법광장에서 근위병 교대식이 열리고 있었다. 웅장한 군악대의 연주와 큰 규모의 의장대가 열을 맞추어 걷는 모습에서 힘찬 기백이 느껴진다. 잠시 이어폰을 귀에서 떨어뜨렸다. 귀에서는 빅토르 하라의 음악이 흘러나오고 있었다.

두 번째 남자, 빅토르 하라

"공포를 노래할 수밖에 없을 때 노래란 얼마나 괴로운 것인가? 살아 있어 느끼는 공포 죽어가며 느끼는 공포 너무나 많은 순간 속 나를 본다. 저 무한의 순간 침묵과 비명이 내 노래의 끝이다."

– 빅토르 하라, 〈마지막 노래〉

포악한 독재 정권에 맞서 싸운 사람들 중 한 명이 빅토르 하라다. 그는 총과 칼에 대항하기 위해 아름다운 음악을 무기로 사용했다. '누에바 칸시온' 운동의 중심에 서 있던 음유시인, 빅토르 하라. 그는 "진정한 혁명은 기타와 떼어놓을 수 없다."라고 말하면서 "기타는 총, 노래는 총알"이라는 말을 남겼다. 이 말은 '누에바 칸시온Nueva Cancion'의 구호처럼 퍼져나가기도 했다.

중남미의 현대사는 음악을 비롯한 예술 활동과 그 맥을 함께한다. 칠레의 빅토르 하라Victor Jara는 그 중심에 서 있는 음악가다. 그를 비롯한 깨어 있는 음악가들의 노력은 라틴 아메리카 사람들의 정체성을 일깨우며 새로운 음악을 뜻하는 '누에바 칸시온'이라는 이름의 사회운동으로 이어져 중남미 대부분의 나라에 확산되었다.

'새로운 노래'라는 뜻을 지닌 누에바 칸시온Nueva Cancion은 강대국들의 착취와 독재정권의 탄압으로 얼룩진 현실을 극복하기 위해 시작된 노래운동이자 민중을 대변하는 저항의 물결이었다.

60년대에서 70년대를 넘어가던 시기의 라틴 아메리카는 정치적인 혼란과 더불어 외국 거대 자본의 막강한 힘에 휘둘렸다. 또한, 극심한 빈부 격차를 비롯해 굳어져 가는 사회적 모순과 여러 나라에 난립했던 군부 독재정권의 횡포로 힘없는 민중들은 인간으로서의 기본적인 권리마저 지니지 못한 채 역사의 소용돌이 속에서 갖은 고초를 겪어야만 했다.

라틴 아메리카의 정체성 회복과 세상에 대한 올바른 시선을 강조했던 누에바 칸시온은 단순한 노래운동으로 그치지 않고 하나의 정치적, 문화적인 현상으로 이해되어야 할 현대 라틴 아메리카 역사의 일부분이다.

이 누에바 칸시온의 물결은 빅토르 하라의 죽음과 맞물려 전 라틴 아메리카로 광범위하게 퍼져나갔다. 1973년 9월 16일 아옌데를 몰아낸 피노체트는 운동장에 정적政敵으로 추정되는 시민들을 마구잡이로 몰아넣고는 잔혹하게 고문하고 처형했다. 당시 그 속에 빅토르 하라도 포함되어 있었다. 그는 5천여 명의 시민과 함께한 운동장에서 '우리 승리하리라'라는 '템 세레무스' 노래의 합창을 유도하다가 개머리판에 손목이 으스러지고 잔인하게 처형당했다. 이 노래는 아옌데가 대통령이 되는 날 광장에서 민중들이 모여 함께 불렀던 노래였다. 그는 며칠 후 산티아고 교외에 싸늘한 시체로 버려졌다. 빅토르 하라의 사망 30주기를 맞아 이 운동장은 2003년에 '빅토르 하라 스테디움'으로 개명되었다.

"우리들 중 여섯이
별나라로 사라졌지.
한 명이 죽고, 한 명은 믿을 수 없을 정도로 맞았지.
한 인간을 그렇게 때리는 것이 가능할까?
신이시여! 이곳이 당신이 만든 세상입니까!"

– 빅토르 하라, 〈칠레 스테디움〉

세 번째 남자, 파블로 네루다

산티아고에는 비가 내렸고 그의 시에도 비가 내렸다.

"유년 시절 얘기를 하자면 잊을 수 없는 것이 딱 하나 있다. 바로 비다. 남반구에서는 비가 정말 어마어마하게 쏟아진다. 마치 케이프 혼이라는 하늘에서 개척지라는 땅을 향해 쏟아지는 폭포수 같다. 나는 이 땅에서, 칠레의 '서부'와 같은 개척지에서 삶에 눈을 뜨고, 대지에 눈을 뜨고, 시에 눈을 뜨고, 비에 눈을 떴다."

– 파블로 네루다, 『사랑하고 노래하고 투쟁하다』

칠레의 국민 시인이자 스페인어 시문학의 정수를 찍은 인물이라고 평가받는 파블로 네루다. 그는 비참한 현실을 감각적인 언어로 표현했던 초현실주의 시인이자 동시에 민중의 마음에 직접 불을 지피는 시를 썼던 혁명시인이었다. 또한, 서정적인 단어로 사랑을 노래한 감성적인 연애시를 즐겨 썼지만, 현실을 직시하는 냉철하고 지성적인 시를 쓰기도 했다. 짧은 서정시부터 아메리카 역사를 노래한 서사시까지 네루다의 시는 인간의 많은 영역을 폭넓게 아우른다. 작품성과 대중성을 모두 지닌 시인이었고 노벨 문학상과 레닌 문학상을 모두 수상한 인물이다. 공산주의자이자 민족주의자였던 그는 좌우이념과 상관없이 모두의 사랑을 받았다. 심지어 쿠데타 세력까지 그의 장례식에 찾아와 조의를 표했다. 2010년 가을, 대지진이 일어났을 때, 지하 700m

갱도에 갇힌 33인의 광부들이 극한의 공간에서 네루다의 시를 읽으며 70일 가까이 견뎌냈다는 후문도 전해진다.

"한 송이의 꽃은 꺾을 수 있지만 오는 봄을 막을 순 없다."

– 파블로 네루다

네루다는 살바도르 아옌데 대통령의 절친한 친구였다. 위에서 언급한 바와 같이 그는 대통령 후보직을 사퇴하고 아옌데가 진보진영의 대통령 단일후보로 나설 수 있게 지원했다. 1973년 9월 11일 아옌데 대통령이 군부 쿠데타로 사망하자 건강이 갑자기 악화되었다. 1973년 9월 23일 10시 30분 그는 세상을 떠났다. 아옌데는 9월 11일, 하라는 16일, 네루다는 23일에 사망했다. 그동안 네루다의 죽음은 공식적으로는 지병이었던 암으로 인한 자연사로 알려져 있었으나 군부가 저지른 암살이라는 의혹이 끊이지 않았다. 내가 산티아고에 도착하기 한 달 전 2015년 11월 칠레 정부는 시인 파블로 네루다가 군부에 타살됐을 가능성을 인정했다.

"나는 민중을 위해 쓴다.
그들의 순수한 두 눈, 내 시를 비록 읽지 못할지라도
내 삶을 흔들었던 곡조, 한 줄의 시구
그들 귓가에 닿을 날 있으리니"

– 파블로 네루다 유언

가장 먼저 아옌데를 보기 위해 국립묘지로 향했다. 군부 독재가 끝나고 민간 정부가 들어선 직후인 1990년, 사망 다음 날부터 줄곧 지방의 작은 묘지에 묻혀 있던 아옌데의 시신은 합당한 예우를 거쳐 산티아고의 국립묘지로 이장되었다. 그곳에는 풀벌레가 울고 작은 새가 나무를 쪼아대고 있었다. 자연이 연주하는 음악을 배경으로 그를 추모했다.

짧은 묵념 후에 빅토르 하라의 마지막 모습을 담고 있는 빅토르 하라 스테디움을 들렀다가 파블로 네루다의 생가를 방문했다. 이 세 남자가 세상을 뜬 순서대로 그들의 발자취를 더듬었다. 이동하는 내내 칠레의 예술은 내 눈과 귀를 사로잡았다.

시와 노래를 무기로 들었던 이들답게 칠레의 수도 산티아고는 그들의 예술을 빼놓고 이야기할 수 없다. 거리에서는 혁명을 상징하는 벽화들이 즐비하고 그사이로는 비올레타 파라나 빅토르 하라의 노래가 흘러나온다. 저항의 도구였던 칠레의 예술은 아직도 현재진행형이며 칠레 혁명의 중심이다.

> "고통받으며 투쟁하고, 사랑하며 노래하는 것이 내 몫이었다. 승리의 기쁨과 패배의 아픔을 세상에 나누어주는 것이 내 몫이었다. 빵도 맛보고 피도 맛보았다. 시인이 그 이상 무엇을 바라겠는가? 눈물에서 입맞춤에 이르기까지, 고독에서 민중에 이르기까지, 그 모든 것이 내 시 속에 살아 움직이고 있다."
>
> – 파블로 네루다, 『사랑하고 노래하고 투쟁하다』

키스하면 사랑이 이루어진다는 속설 때문에 연인들이 즐비한 산타루치아 언덕 대신 산크리스토발 언덕에 올라 산티아고의 전경을 내려다보았다. 지구 반대편에 위치하지만 칠레는 한국과 많이 닮았고, 산티아고는 서울과 꽤 비슷하다고들 한다. 국민들이 힘을 합쳐 빠른 경제 발전을 이루었고, 군사정권의 장기 독재를 겪은 현대사가 닮았다. 운 좋게 세계 경제 호황 물결에 합류하면서 경제 발전을 이룬 탓에 독재자에 대한 향수가 남아있는 점도 똑같다. 신자유주의의 열매가 고갈되면서 심각해지기 시작한 빈부 격차와 좌우 대립이 나라의 골칫거리로 남아있다. 과거사 청산 요구가 겉으로는 뜨겁게 일고 있지만, 민주주의를 짓밟았던 독재자 세력과 그 후손들은 아직도 평안히 살고

있다. 정의를 외치는 집단은 기득권층의 반발에 언제나 무기력하다. 공포정치에 길들여진 많은 사람들은 침묵으로 일관하고 자기 검열에 빠져 있다. 복지를 이야기하면 빨갱이로 호도되기도 한다.

산티아고는 서울과 같이 발달한 현대도시의 모습을 하고 있다. 특히 신시가지인 토발라바에는 초고층 빌딩과 고급 레스토랑, 현대식 상점이 즐비하다. 대중교통도 잘 갖추고 있다. 출퇴근시간이면 바쁘게 사람들이 발걸음을 재촉한다. 그런 사람들의 이목구비도 우리 동양인과 비슷하다. 어쩌면 나는 지구 반대편 언덕에서 이상한 향수병에 사로잡혀 있었는지도 모르겠다.

가장 어리석은 새해맞이

토레스 델 파이네

2015년의 마지막 날, 아르헨티나에 있던 나는 다시 칠레로 들어왔다. 칠레가 자랑하는 국립공원 토레스 델 파이네Torres del Paine에 가기 위해서다. 칠레 남부 파타고니아 초원지대에 2,800m 이상 우뚝 솟아 있는 바위산인 토레스 델 파이네는 사람의 손때가 묻지 않는 천연의 모습을 자랑한다.

칠레는 좌우 폭이 177km에 불과하지만, 남북의 길이는 4,330km다. 무려 남위 18도에서 56도에 달한다. 우리나라 삼합집을 평정한 칠레산 홍어를 옆으로 뉘인 형태다. 아메리카 대륙의 가장 아래인 마젤란 해협까지 국토가 뻗어 있는 덕분에 남미에서 유일하게 태평양과 대서양을 함께 접하고 있다. 세계에서 가장 길고 비좁은 이 나라는 서쪽은 태평양과 바라보고 있고 동쪽은 안데스 산맥과 마주하고 있다. 남쪽으로는 얼음으로 뒤덮인 파타고니아 빙하 지대가 있고 북쪽으로는 건조한 아타카마 사막이 존재한다. 칠레의 북부와 중부, 남부를 징검다리 건너듯 띄엄띄엄 여행한 나도 칠레의 다양한 기후를 어설프게 체험할 수 있었다. 호주 멜버른은 하루에 사계절이 있는 도시라면, 칠레는 하루에 사계절이 있는 나라다. 그리고 이 사계절을 동시에 모두 담고 있는 곳이 토레스 델 파이네다.

구불구불하고 험한 길 주변에는 비취색의 호수, 평화로운 초원 그리고 라마와 비슷하게 생긴 과나코와 플라밍고, 녹수리 과의 안데스 콘도르, 타조와 비슷하게 생긴 레아와 같은 다양한 야생동물이 천혜의 자연 속으로 들어가는 나를 반긴다. 경이로운 풍광에 압도되는 흥분을 감추기 힘들다. 웅장한 바위산 위에 구름이 만년설의 모습으로 쉬어간다. 만년설이 된 구름이 흘린 맑은 땀은 흘러내려 호수를 푸르게 만든다. 차가운 적막함은 이내 힘차게 흘러 대지를 푸르게 키워낸다. 산불에 그을린 나무마저 그 신비로움을 더한다. 태고의 풍경은 위엄을 갖춘 동시에 여행자를 부드럽게 위로한다.

이곳에 오는 여행자들은 텐트와 갖가지 등산 장비를 빠짐없이 챙긴다. 자연 속으로 온전히 들어가기 위한 만반의 준비를 해야 하기 때문이다. 가장 유명한 트레킹 코스는 3박 4일 정도가 소요되는 W코스다. 나는 다양한 트레킹 코스 중에 당일 코스를 택했다. 그럼에도 불구하고 문명에 미련을 버리지 못하고 많은 준비를 했다. 12월 31일이기도 했기 때문에 더욱 미련을 떨치기 힘들었다. 튼튼한 장비를 준비한 게 아니다. 등산 장비라고는 배낭에 매달려있는 침낭뿐이었고 배낭 안에는 술과 음식으로 가득 차있었다.

토레스 델 파이네는 울티마 에스페란자Ultima Esperanza 주州에 속해 있다. Ultima Esperanza를 번역하면 '마지막 희망'이다. 한 해의 마지막 날에 희망을 보고 싶었다. 토레스 델 파이네를 상징하는 세 화강암 봉우리가 마치 1973년에 이 땅을 떠난 세 명의 영웅을 상징하는 듯했다. 또한, 이곳은 정복되지 않은 자연 그대로의 모습이 보존되어 있다. 그리고 잉카, 스페인, 칠레, 아르헨티나 국가들도 정복하지 못한 강인하게 안데스 고유 문명을 지키며 살아온 마푸체의 터전이기도 하다. 이 모든 톱니바퀴가 맞아 떨어졌지만, 과도한 준비와 빈약한 내 절제력과 체력이 문제였다. 2015년과 2016년의 경계에서 원했던 코스를 완주하지 못했다. 사실 이곳에서 달성해야 할 목표를 세우지 않았다. 완주가 목표도 아니었고 꼭 봐야 할 장면이 있는 것도 아니었다. 그냥 이곳에서 마지막 날을 보내고 싶었기 때문에 크게 아쉽지는 않았다.

목표를 향한 무모한 도전도 문제지만 그 여정을 위한 너무 과도한 두려움과 욕망도 문제다. 청록색 물이 힘차게 흐르는 계곡에 앉아 이게 새해가 주는 교훈이라고 생각했다. 무모함과 망설임 속에서 중심을 잡는 일. 결코, 도달할 수 없어 보이는 그 균형의 지혜를 갖는 게 내가 가져야 할 마지막 희망일지도 모른다. 테우엘체Tehuelche 족의 언어로 '창백하고 푸른 탑'이라는 이름을 가진 토레스 델 파이네에서 창백하고 푸른 얼굴로 새해 아침을 맞았다.

"파타고니아의 음산하고 혹독한 기후 탓인지 하루 일과를 마치고 난 뒤 캠프에서 보내는 외로운 생활 탓인지 혹은 정신없이 술을 퍼마신 뒤에 따라오는 후회와 자책 탓인지는 알 수 없으나 내가 여기서 알고 지낸 사람들 중에서 자살한 사람이 스무 명도 넘는다."

– 톰 존스, 〈파타고니아 파노라마〉

좋은 바람을 마주하는 곳

부에노스 아이레스 – 좋은 바람의 도시

칠레 산티아고에서 비행기를 타고 아르헨티나의 수도 부에노스 아이레스에 도착했다. 입국 심사대에 여권과 입국 카드를 건넸다.

심사원은 이상하게도 나에게 중국어로 물었다.

“호텔 이름이 꼬레아노 호텔이에요?”

나도 엉겁결에 중국어로 대답했다.

“네, 맞아요. 꼬레아노 호텔.”

그녀는 내 여권을 보더니 활짝 웃는다.

“미안해요. 요즘 중국어를 배우고 있어서.”

영어로 멋쩍은 사과를 한다. 상황이 참 웃겼다. 민망해하는 그녀에게 실없는 농담을 던졌다.

“괜찮아요. 헷갈릴 수 있죠. 제가 돈 많은 중국 부자처럼 생기긴 했죠.”

"¡Buen viaje! 좋은 여행 하세요."

"gracias 감사합니다"

3개 국어로 입국 심사를 받은 셈이다. 나오는 길에 자꾸 웃음이 나왔다. 부에노스 아이레스는 '좋은 공기'라는 뜻이다. 부에노스 아이레스에서 허파에 바람 든 듯이 들뜨지 말자던 내 다짐이 기분 좋게 무너지고 말았다. 내 마음에 그렇게 좋은 순풍이 불었다.

아르헨티나 사람들은 다른 남미와 또 다른 분위기를 풍긴다. 칠레인들은 인디오의 모습이었지만 아르헨티나 사람들은 유럽 사람들에 가까운 외모를 하고 있다. 유명한 아르헨티나 축구 선수 마라도나와 메시와는 다르게 키도 훤칠하다. 사람들이 주로 마시던 차는 코카차에서 마테차로 바뀌었다.

12월 24일 탱고

부에노스 아이레스에서는 보고 싶은 것도, 하고 싶은 것도 많았지만 욕심내지 않기로 했다. 값싼 소고기와 와인 그리고 탱고 이 세 가지만 누리고 오기로 작정했다. 크리스마스 이브에 탱고가 태어난 부에노스 아이레스에서 탱고와 함께하는 특별한 계획이 있다는 것만으로도 가슴이 설렜다. 부에노스 아이레스에서는 사람이 조금이라도 모이는 길가라면 어김없이 탱고 공연이 펼쳐졌다. 그들의 스텝을 어설프게 따라 해보기도 하고 길가에 새겨진 탱고 스텝 표시판을 밟으며 혼자 연습해 보기도 했다.

"스텝이 엉키면 그게 바로 탱고라오."

– 영화 〈여인의 향기〉

한 시간 동안 기초적인 탱고 동작을 배우고 저녁을 먹으며 와인과 함께 탱고를 감상했다. 앞에 앉은 덕분에 무대 위로 초대되어 여성 댄서와 탱고를 추었다. 남성이 여성과 교감하며 능숙하게 리드하는 게 탱고의 기본이지만 그녀가 이끄는 곳으로 스텝을 밟았다. 호흡이 잘 맞아 욕심이 생긴 나는 그녀의 등을 짚은 오른손을 살짝 당겨 다음 스텝을 이끌었다. 서툴고 거친 리드에도 그녀는 나를 올려다보며 미소 짓는다. 내 동작에 맞춰 춤을 추더니 이내 내 허벅지에 다리를 올려 바짝 붙인다. 순간 얼어버린 내 허벅지에 올린 다리를 살며시 내리며 다시 리드를 가져갔다. 나는 그녀의 움직임에 맞춰 반 바퀴 빙글 돌았다. 짧은 춤이 끝나자 내 볼에 입 맞추며 잘했다는 칭찬을 했다. 와인을 많이 마신 탓에 괜한 짓을 했다고 핑계를 대고 싶었지만 고맙다는 정중한 인사로 대신했다.

다시 무겁고 어두운 음색의 반도네온 연주가 서정적으로 흐르기 시작하고 손을 마주 잡은 두 탕게로스Tangueros, 탱고 춤을 추는 사람의 눈빛이 변한다. 네 다리가 무대 위에 공기를 휘저으며 이따금씩 부드럽게 무대를 쓰다듬는다. 화려한 춤과 의상과는 달리 우울한 감정을 표출한다. 아르헨티나 말벡 와인은 마른 내 목을 촉촉하게 적신다.

이민자들이 향수를 달래던 항구의 음침한 골목에서 태어난 탱고는 그들의 암울한 비애를 담고 있다. 이 땅은 많은 이민자들의 도시다. 〈엄마 찾아 삼만리〉에서 이탈리아의 어린 소년 마르코가 돈을 벌기 위해 떠난 엄마를 찾아왔던 곳이기도 하다. 그들은 돌아갈 수 없는 고향에 대한 향수를 가슴 깊이 품고 있었다. 여러 가지 음악적 배경 속에서 만들어진 탱고는 벗어나기 힘든 가난과 절망 그리고 향수에 젖어 살았던 하층민의 정서를 담아냈다. 탱고는 이들의 격정적인 애수와 비애를 강렬하고 뜨겁게 표출한다.

이민자들의 정서적 결핍을 달래던 이국의 음악선율들이 모여 부에노스 아이레스를 상징하는 탱고를 탄생시켰다. 부에노스 아이레스는 탱고의 도시다. 다양한 이야기와 삶이 분출하는 감정들이 짙게 묻어있는 도시다. 문화와 인종, 그리고 감정들이 얽히고 섞이며 탄생한 고유의 독특한 정체성이 이 도시를 아우른다. 부에노스 아이레스의 크리스마스 이브 저녁, 바람이 분다. 기분이 좋다. 셀 수 없이 많은 바람이 사람들의 주변을 살랑인다. 여기저기서 불어온 바람이 하나의 바람을 만든다. 그 바람이 좋은 공기를 만든다. 그래서 부에노스 아이레스다.

12월 25일 크리스마스 - 레골레타 공동묘지

── 삶이 시대를 담아낸다면 죽음도 그러하다.

크리스마스 아침은 참 조용했다. 아르헨티나 국민 대다수가 로마 가톨릭교회 신자다. 아르헨티나는 종교의 자유가 보장되어 있으나, 대통령과 부통령은 반드시 로마 가톨릭교회 신자만 선출하도록 헌법으로 정해져 있다. 가톨릭 국가라 성대한 이벤트가 많이 펼쳐질 거라 기대했지만 내 편견 가득한 예상은 완전히 빗나갔다. 프란체스코 교황의 조국답게 성탄절을 경건하게 보내고 있었다. 산타가 상징하는 자본의 흥분에서 벗어나 예수의 탄생을 차분하고 겸허히 축하하는 분위기였다. 부에노스 아이레스가 주는 들뜬 기분에 흥청대는 나의 모습을 잠시 묻어두기로 했다.

아기 예수가 이 땅에 태어난 날에 죽음이 가득한 레골레타 공동묘지로 향했다. 사람들은 이 좋은 날 왜 하필 공동묘지를 가느냐고 물었지만 레골레타는 공동묘지 특유의 스산함이 없다. 아르헨티나를 대표하는 사람들이 화려하게 묻혀있다. 13명의 역대 아르헨티나 대통령이 잠들어 있고 모두 4,691개 가문의 묘역이 자리 잡고 있다. 그 가운데 94개는 국가역사기념물로 지정되어 있다.

부에노스 아이레스가 '남미의 파리'로 불리는 이유를 이곳에 오면 좀 더 명확히 알 수 있다. 알베아르 거리를 따라 늘어선 프랑스 풍의 아름다운 대저택들이 줄지어 그 위용을 자랑한다. 레콜레타 공동묘지 또한 파리의 피에르 라 샤이제 공동묘지를 연상시킨다. 이곳은 부자들의 공동묘지라고 표현하는 게 더 적확한지도 모른다.

이 지역은 우리나라 청담동같이 부자들이 모여 사는 동네다. 부자들은 가문의 묘를 남들보다 더욱 아름답게 치장하기 위해 경쟁했고, 무덤을 지키는 아름다운 조각상들은 아르헨티나가 호황1880~1930을 누리던 시절 프랑스와 이탈리아의 유명 조각가들에게 주문해 만들어졌다. 지금도 거액의 돈을 지불해야 이곳에 묻힐 수 있다. 죽음은 평등하지만 죽음의 모습은 평등하지 못하다는 생각이 머리에 스친다. 입구에 들어서면 가장 먼저 예수의 동상을 만나게 된다. 세상을 구원하러 이 땅에 온 예수마저 가장 허름한 곳에서 태어나고 가장 비참한 모습으로 죽었다는 사실을 성탄절인 오늘과 무덤마다 올려져 있는 십자가가 상기시키니 왠지 모르게 씁쓸했다.

에바 페론과 아르헨티나 경제

가장 유명한 묘지 중 하나는 아르헨티나의 국모로 평가받기도 하는 에바 페론의 묘지다.

〈Don't cry for me Argentina아르헨티나여 나를 위해 울지 말아요〉. 아르헨티나를 떠나는 여행객들이 하나의 공식처럼 듣는 노래다. 이 노래는 브로드웨이 뮤지컬과 할리우드 영화로 제작된 〈에비타〉의 OST다. 〈에비타〉의 주인공은 1940년대 후반 아르헨티나의 대통령 후안 페론의 부인 즉, 영부인이었던 에바 페론이다. 에비타는 에바 페론의 애칭이다.

뮤지컬과 영화로 제작될 만큼 극적인 그녀의 인생 여정은 짧았지만, 누구보다 파란만장했다. 그녀 또한 레골레타에 묻혀있다.

시골의 가난한 집안에 사생아로 태어난 그녀는 아버지에게 버림받았다. 에바 페론의 어린 시절은 불행할 수밖에 없었다. 당시 에바 두아르테였던 그녀는 15살이 되던 해, 가출을 했고 1935년 1월 3일 부에노스 아이레스에 도착했다. 초기에는 다양한 직업을 전전하는 무명배우로 살았다고 전해진다. 낮에는 영화 단역배우로 일하다 밤이면 나이트클럽 댄서로 일했다. 자신을 이끌어 줄 만한 남자를 만나면 스스럼없이 관계를 맺었다는 풍문도 있다. 이런 비참한 삶 속에서도 그녀는 순진한 이미지를 갖고 싶었다. 그래서 스스로를 에비타라고 불렀다. 에비타는 꼬마 에바라는 뜻이다. 그녀는 집요한 도전으로 성공에 한 걸음씩 다가갔다.

1944년 1월 15일 산후안에서 6,000명 이상이 사망하는 대지진이 일어났다. 당시 노동부 장관이던 후안 페론은 지진 피해자를 돕기 위해 자선모금행사를 추진한다. 루나 파크에서 열린 이 행사에 에바 페론은 연예인 신분으로 동참한다. 그녀가 부에노스아이레스에 온 지 9년 만에 드디어 삶을 바꿔줄 제대로 된 남자를 만나게 된다. 에바 페론과 후안 페론은 만나자마자 사랑에 빠진다. 부인을 잃고 외롭게 살던 후안 페론은 에바 페론의 젊음과 미모에 사로잡혔고, 에바 페론은 후안 페론의 부와 권력의 냄새를 맡았다. 큐피드가 이 남녀를 맺어준 뒤 행운의 여신도 이들을 바라본다. 페론은 정치적으로 성공가도를 달리게 되고, 에비타는 〈탕녀〉라는 영화로 대성공을 거둔다.

하지만 곧 후안 페론에게 위기가 닥쳤다. 대통령 아발로 장군이 인기가 치솟고 있던 페론을 견제하기 위해 그를 강제 구금했다. 하지만 위기는 언제나 그렇듯 위험한 기회였다. 이 위기는 더 큰 도약의 발판이 되었다. 에바 페론의 숨겨진 능력이 발휘되기 시작한다. 에바 페론에게는 아름다운 외모뿐만 아니라 사람의 마음을 움직일 줄 아는 능력이 숨겨져 있었다. 화려한 언변술과 가난하고 불행했던 삶을 성공으로 일궈낸 위대한 인생 스토리가 있었다.

시골 마을의 가난한 딸이라는 그녀의 출생과 비루한 인생 역정이 빈민과 노동자들에게 동질감을 안겨주었다. 에바 페론의 열정적인 연설은 대중의 마음을 움직였다. 에바 페론은 구금된 후안 페론을 위해 노동자들을 설득해 총파업을 일으켰다. 노동자들은 페론의 석방을 요구하면서 1945년 10월 17일 총파업을 하고 수십만 명이 대통령 궁 앞 오월의 광장에 모였다. 그리고 파업 10일 만에 후안 페론은 노동자들의 환대 속에서 석방되었다. 에바 페론의 도움으로 정치적 우위를 확보한 후안 페론은 1945년 그녀와 정식으로 결혼했다.

1946년 대통령 선거에서 에바 페론은 남편 후안 페론의 선거 유세에 동행하며 국민들로부터 열렬한 지지를 받았다. 그녀의 아름다운 외모와 유려한 연설은 아르헨티나 대중의 마음을 사로잡았다. '에비타'라는 애칭이 전 아르헨티나 국민들에게 알려진 것도 이 무렵부터다. 에바 페론의 인기를 등에 업은 페론은 대통령 선거에서 승리했다.

대통령이 된 후안 페론은 '페론주의'라는 정책을 펴기 시작했다. 외국자본의 추방, 기간 산업의 국유화, 노동자의 처우 개선을 위한 노동 입법 추진, 노동자 생활 수준 향상, 여성 노동자의 임금 인상 및 여성의 사회적 지위 개선, 남녀평등의 헌법 보장 등 획기적인 정책들이 쏟아져 나오기 시작했다. 이 모든 정책 뒤에는 에바 페론이 있었다. 그녀는 여성의 투표권을 허용하는 법안을 통과시키고, 1949년 여성 페론당을 창당한다. 가난한 사람들을 위해 식량 배급을 실시하고 주거 시설과 위생 시설을 보급했다. 재단을 세우고 학교, 병원, 고아원 등 다양한 필수 복지시설을 지었다. 전국을 순방하며 복지사업과 봉사활동을 펼쳐 성녀라는 칭호를 받기도 했다.

1950년부터 에비타의 건강이 나빠지기 시작했다. 당시 후안은 재선을 노리고 있었고, 그녀는 부통령 후보였다. 1951년 8월 22일 수백만 명이 모이는 공개 까빌도일종의 시민 민주주의 행사에 참석했고, 그 자리에서 공개적으로 부통령 후보에서 사임했다. 〈Don't Cry for me Argentina〉라는 노래는 바로 이 장면에서 영감을 얻어 탄생했다. 에비타는 자궁 종양이 폐까지 전이되어 1952년 7월 26일 34세 나이로 세상을 떠났다.

하지만 뛰어난 업적을 이루는 공만큼 큰 과오를 저질렀다는 비난도 거세게 받고 있다. 우리나라에는 보수진영에서 추진하면 '서민경제 살리기'가 되는 복지정책을 진보진영이 주도하면 '포퓰리즘'으로 호도되곤 한다. 인기영합주의로 번역되는 '포퓰리즘'은 대중의 인기를 확보하는 데에만 혈안이 되어 실정에 벗어난 과도한 선심성 정책을 남발하는 행태를 일컫는 말이다. 근본적인 문제 해결이 아닌 말뿐인 사탕발림 정책들이 나라의 살림을 갉아먹는다.

에바 페론과 후안 페론이 자신들의 정치적 목적을 위해 이 포퓰리즘을 이용했다는 비판도 만만치 않다. 페론 정권은 노동자와 여성 등 사회적 약자를 위하는 정책을 펼쳤지만, 실제 혜택을 받는 사람은 그리 많지 않았다. 근본적인 개혁을 통한 문제 해결에 집중하기보다는 보여주기식 혹은 국가의 현실을 고려하지 못한 무분별한 지원 정책이 문제였다. 게다가 대중적 인기를 더욱 확고히 하기 위해 자신들의 우상화 작업을 시작했다. 겉으로는 폭발적 인기를 얻고 있는 것처럼 보였지만 그 이면에서는 페론 부부를 비판하는 세력들을 은밀히 탄압했다. 비판세력의 제거로 아르헨티나는 정치적으로 경직되었고 후안 페론과 군부를 중심으로 하는 독재 속에서 부정부패가 만연해졌다. 당연히 아르헨티나의 경제는 하향곡선을 긋기 시작했다.

결국, 에바 페론의 죽음 이후 후안 페론의 인기도 급속히 하락한다. 군부마저도 그에게 등을 돌렸다. 후안 페론은 군부 쿠데타로 쫓겨나 스페인으로 망명하는 신세에 처한다. 후안 페론의 망명으로 에바 페론의 시신도 이곳저곳을 떠돌아다니게 되었다. 한때는 페론주의의 부활을 염려한 아르헨티나 군부에 의해 에바 페론의 밀랍화 된 시신이 탈취되어 다른 사람의 이름으로 반출돼 이탈리아에 숨겨지기도 했다. 그 후, 남편이 있는 스페인으로 보내졌다가 아르헨티나로 송환되어서도 이리저리 맴돌았다. 결국, 죽은 지 24년 만에 레콜레타의 가족묘역으로 옮겨졌다.

아르헨티나의 경제파탄은 페론 부부의 정책도 한몫했으나 그 뒤에 이어진 군부의 빈번한 쿠데타와 군사독재정권의 경제 정책 실패가 더 큰 악영향을 줬다. 무리하게 신자유주의 정책을 펼쳤다. 군사정권은 노동법 개정, 노조탄압, 최저임금 폐지를 통해 해고를 자유롭게 하도록 허용하고 임금을 대폭 하락시켰다. 아르헨티나의 외채는 페론 집권기 마지막 해인 1975년 78억 달러였으나, 1978년 125억 달러에 도달했다가 군부독재의 마지막 해인 1982년 436억 달러로 급증했다. 무리한 외자 유치로 나라는 거대한 빚더미에 올라앉았다.

군부정권이 1976년 중화학 공업 육성정책을 본격화하면서 성급하게 자본 및 수입자유화를 실시한 것이 화근이었다. 저축보다는 소비 중심의 경제구조가 주를 이루는 상황에서 아르헨티나는 대규모 경상수지 적자를 보게 됐고 외채는 급증했다. 이로 인해 군사정권 말기에는 빈곤율이 40%, 실질실업률은 18%까지 치솟았다. 누적된 재정적자를 줄이기 위해 남발한 국채는 고스란히 빚으로 쌓이기 시작했다. 외채 상환을 위해 다시 외채를 끌어들이는 악순환이 이때부터 시작됐다.

경제뿐만 아니라 정치적으로도 큰 암흑기였다. 1976년 3월 24일 군사 쿠데타를 일으켜 국가를 장악한 호르헤 비델라 장군은 '국가 재편성'이라는 'El Proceso' 운동을 펼치면서 좌익 척결이라는 명분하에 무사비한 국가 폭력을 자행했다. '더러운 전쟁Guerra Sucia'이라고도 불리는 이 탄압에 선량한 일반 시민들도 법적 절차를 거치지 않고 끌려가 고문을 받거나 죽임을 당했다. 이렇게 실종된 이들만 아르헨티나 정부의 공식 발표로는 1만2,000여 명에 달한다. 인권 단체의 비공식 집계로는 3만 명이다.

하지만 당시 군정지도자들은 죄의 대가를 치르지 않았다. 알폰신 대통령은 군부의 압박에 못 이겨 추악한 과거를 잊자는 국민 화합법인 '푼토 피날Punto Final, 마침표'을 제정했고 수사를 중단했다. 알폰신에 이어 집권한 카를로스 메넴 대통령은 1990년 12월 아픈 과거를 청산하겠다며 인권유린을 저지른 관계자들을 모두 사면해 면죄부를 주었다. 그들은 죗값을 치르지 않았지만 지금도 5월 광장Plaza de Mayo에는 이때 자식을 잃은 어머니들이 하얀 두건과 검은 리본으로 사라진 자녀들을 애처롭게 추모한다. 5월 광장은 1810년 5월 25일 스페인으로부터 독립을 선언하고 아르헨티나 독립 전쟁으로 이어진 5월 혁명에서 유래했다.

205년 7개월 전에 독립을 이루기 위해 투쟁한 곳에서 어머니들은 약 40년 전 일어난 자식들의 억울한 죽음을 위해 진실과 사과를 요구하는 조용한 집회를 열고 있다. 부에노스 아이레스 5월 광장의 검은 리본과 서울 광화문 광장의 노란 리본이 묘하게 겹쳐지며 울컥하는 마음을 애써 짓눌러야 했다. 우리도 하루 속히 진실을 규명하기를 기도했다.

아르헨티나 군사정부는 1982년 포클랜드 전생에서 영국에 무참히 패배했고, 1983년 군부는 물러나게 되었다. 직접 선거에 의해 당선된 라디칼 당의 라울 알폰신 대통령은 경제구조를 개선하기 위해 정치개혁과 노동개혁에 착수했다. 하지만 살인적인 물가를 잡는 데 실패했다. 수출경쟁력 확보를 위한 환율의 평가절하도 "거품 형성–소비 증가–물가 상승–거품 붕괴–경기 침체"의 악순환을 반복했을 뿐이었다. 1975년 78억 달러 수준이던 외채가 1983년에는 450억 달러로 급격하게 상승했다. 그 후유증으로 1980년대는 사상 최악의 인플레이션을 겪게 된다. 1984년 627%, 1985년 672% 1989년 3,079%, 1990년 3,214% 하이퍼 인플레이션을 기록했다.

미친 물가상승률을 기록하고 있던 1989년에 집권한 페론당의 카를로스 메넴 대통령은 경제회생을 위한 카드로 공기업 매각을 들고 나왔다. 1989년에는 물가상승률이 3,079%가 아닌 6,000%가 넘었다는 집계가 있을 정도로 경제 상황이 최악이었다. 가게에서 빵을 사기 위해 줄은 선 사람 중에 가장 앞에 있는 사람과 가장 뒤에 있는 사람의 빵 가격이 달랐다는 우스갯소리가 있을 정도였다. 메넴 대통령은 방향을 바꾸어 도밍고 카바요Domingo Cavallo를 재무장관으로 기용했다. 카바요는 입각과 동시에 경제 개혁을 단행했다. 그가 이때 쓴 말이

"마취도 할 수 없는 수술surgery without anesthesia"이었다.

메넴 대통령은 카바요를 입각시키면서 페론주의를 은밀히 청산하기 시작했다. 겉으로는 페론주의를 지지했지만, 실질적으로는 페론주의가 지향한 보호주의와 사회주의 정책을 포기하고, 글로벌 자본주의가 요구하는 시장원리와 개방원칙을 받아들였다. 좀 더 정확하게 말하면 미국 자본이 주도하는 세계 경제 질서에 무작정 탑승했다.

메넴 정권은 1995년 이른바 '테킬라 파동'에 휩쓸려 경제에 심각한 타격을 입었다. 메넴은 우선 바닥에 주저앉은 경제를 일으키기 위해 IMF에 구제요청을 하고 페론주의 제거를 요구하는 까다로운 IMF 프로그램을 수용했다. 국영기업을 민영화하거나 외국에 매각하고, 기업들이 근로자들을 마음대로 해고할 수 있도록 허락했다. 1994년 말까지 전체 공기업의 98%가 민영화됐다. 메넴 대통령은 재정적자 해소와 외환보유고 확충을 위해 항공, 통신, 철도, 고속도로, 항만, 석유화학, 천연가스, 석유 등의 사업을 경영하던 공기업들을 모두 팔아 치웠다. 아르헨티나 최대 공기업인 석유회사 YPF도 포함됐다. 총 400억 달러 상당의 외화가 유입됐다 그 결과 아르헨티나 경제는 1990년대 초반 물가상승률을 제로 수준으로 억제하고 연평균 10% 안팎의 높은 성장률을 유지할 수 있었다.

하지만 큰 효과는 없었다. 민영기업으로 탈바꿈한 공기업들이 경영 합리화를 위해 대규모 인력감축에 나서면서 실업률과 범죄율이 상승하는 등 사회불안이 야기되기 시작했다. 잠시 유입되는 듯했던 매각 대금은 잇따른 경제불안으로 다시 해외로 빠져나갔고 민영화의 부작

용만 아르헨티나에 남게 됐다.

공기업들이 민간기업으로 변화하면서 수많은 실업자들을 양산했다. 게다가 독과점 구조가 뿌리를 내리면서 빈부 격차가 확대되고 성장을 위한 투자는 감소하기 시작했다. 정부가 다국적 기업들을 규제할 수 있는 수단이 사라지면서 공공 부문에서 반드시 필요한 투자도 하기 어려워졌다. 미국의 유명한 투자자 조지 소로스는 아르헨티나에 대대적인 투자를 시작했다. 그는 아르헨티나에서 최대 부동산 소유자가 되었다. 게다가 이렇게 미국의 대형 자본은 현지 경제를 잠식하기 시작했다.

성상 잠재력이 사라지면서 무역수지 적자가 이어졌고 공기업 매각대금도 눈덩이처럼 불어나는 외채를 막기에는 역부족이었다. 개방경제의 성적표인 외채 문제는 아르헨티나의 고질병이자 외환위기의 주범이었다.

여기에다 메넴 대통령이 자국의 국제경쟁력을 무시한 채 1991년 미 달러화와 페소화의 교환비율을 1대1로 고정시킨 '태환 정책'을 쓰면서 막대한 무역적자에 직면하게 됐다. 페소화 가치가 지나치게 높아진 탓에 아르헨티나 상품은 해외시장에서 가격경쟁력을 잃었다. 업계는 물론 심지어 노동계까지 나서 태환정책을 폐지하고 페소화의 평가절하를 정부에 건의했지만 메넴은 끄떡도 하지 않았다. 집권 기반을 놓치지 않기 위해선 무엇보다도 물가안정이 긴요했기 때문이었다. 메넴의 고집은 외채의 기록적인 폭증으로 나타났다. 1999년 그가 사임할 때 남긴 아르헨티나의 대외부채는 무려 1,450억 달러로 불어나 있었다.

메넴으로부터 바톤을 넘겨받은 델라루아 대통령 역시 중장기 경제에 대한 비전 설정 없이 메넴 정권에서 경제장관을 지내며 태환정책을 입안했던 도밍고 카바요를 재기용하고 IMF의 초긴축 정책을 그대로 수용하는 안이함으로 일관했다. 극심한 경제난을 해결하기엔 리더십이 턱없이 부족했고, 믿었던 IMF마저 등을 돌리면서 델라루아는 하야하는 비운을 맞이했다.

1974년 1만 달러를 돌파했던 1인당 국민소득은 사상 최저 수준인 3,300달러 언저리까지 떨어졌다. 카바요는 경제 위기가 금융 파생상품 시장 때문이라고 해석했다. 그는 결국 은행 계좌를 동결하며 자본 이탈 흐름을 막고 긴급한 채무 위기를 막을 것을 강력히 제안한다. 2001년 페르난도 델라루아 대통령은 달러화 예금을 페소화로 강제 전환시키고 은행계좌의 월 인출액 한도를 1천 페소로 제한하는 충격적인 정책 발표를 한다. 사실상 은행에 예치된 달러화 표시 뭉칫돈이 모두 동결됐다. 개방정책에 들어온 외국 자본은 국내에 재투자되지 않고 아르헨티나에서 거대한 이익을 챙긴 뒤 해외로 빠져나가곤 했다. 불과 1~2년 사이에 300억 달러가 넘는 예금자산이 해외로 빠져나갔다. 2000년 말 기준 외환보유고가 268억 달러에 불과했던 점을 고려하면 달러화의 해외 반출이 정부의 경제운용에 준 충격은 매우 컸다.

하지만 정보를 미리 입수한 권력자들과 부유층들이 조치를 발표하기 직전에 예금을 빼가면서 죄 없는 서민들만 일방적으로 피해를 입는 결과가 나타났다. 발표 3일 전인 11월 30일 하루 동안에 인출된 돈만 해도 7억 달러에 달했다. 성난 국민들의 시위와 폭동이 벌어졌다.

수십만 명의 국민들이 매일 밤, 거리로 쏟아져 나와 생존권 보장을 촉구하는 뜻으로 냄비를 두들기는 '냄비 시위'가 이어졌고, 군 병력을 동원해 시위를 진압하던 델라루아 대통령은 12월 20일 전격 하야를 발표했다. 그로부터 12월 31일까지 불과 11일 사이에 아르헨티나 정세는 5명의 대통령이 바뀌는 전대미문의 혼란을 거듭했다.

2003년 5월 사회민주주의 페론주의자 산타크루스 주지사인 네스토르 키르츠네르가 대통령에 선출됐다. 그는 3선 주지사로 역임 당시 주민들에게 많은 일자리와 확대된 의료복지 혜택을 제공했으며 실업률을 3.5%로 낮추었다. 그는 대통령이 된 뒤, 부의 재분배와 고용 창출을 위한 사회 인프라 산업을 강조했다. 페소화를 미국 달러에 약 3배로 고정시켰다. 환율의 평가절하 정책 덕택에 수출산업은 부흥했으며, 정부는 수입대체import substitution와 수출 증가에 기반을 둔 새 정책을 실행했다. 재정과 무역면에서 안정적으로 흑자를 보였다. 또한, 2005년 국제통화기금에 대한 모든 외채를 갚았다. 공익사업을 재조정하고 90년대 민영화된 기업 중 일부를 국유화했다. 경제부 장관인 로베르토 라바냐는 강력한 소득 증진 정책과 공공사업 투자를 추진했다. 그리하여 아르헨티나는 경제위기에서 어느 정도 벗어나 성장세를 지속할 수 있었다. 그리고 아르헨티나는 G20 회원국이 되었다.

이렇듯 경제 위기의 중심에는 늘 정부가 있었다. 철학과 통찰의 부재가 아르헨티나를 긴 암흑의 터널로 인도했다. 50년간 하나의 사상으로 아르헨티나를 지배한 페로니즘 때문에 아르헨티나 경제가 무너진 것은 아니다. 주범은 신자유주의도 사회주의도 아닌 목표의식이 없는 정부의 정책 실패다.

아르헨티나의 '성녀'에서 '욕받이 무녀'로 전락해버린 에바 페론의 무덤 앞에 섰다. 그녀가 죽은 지 꽤 많은 시간이 지났지만, 아직도 그녀의 무덤 앞에는 많은 사람이 그녀를 기리고 있다. 그녀의 무덤 앞에 꽃은 마르지 않는다. 에비타는 국민들에게 높은 수준의 연금과 복지 혜택을 제공했다. 정치참여와 교육 등의 분야에서 남녀평등을 앞당긴 것도 그녀의 공로였다. 하지만 인기에 지나치게 집착했던 그녀는 남편과 함께 아르헨티나에 포퓰리즘의 씨앗을 뿌려놓은 것 또한 사실이다. 예전보다는 많이 회복했지만, 아직도 아르헨티나 경제는 불안하다. 은행에서 환전하는 것보다는 사설 환전소에서 환전하는 게 훨씬 이득이다. 앞으로 이 땅의 경제와 정치에도 좋은 공기가 불었으면 좋겠다고 그녀의 무덤 앞에서 잠시 기도했다.

"아르헨티나여 나를 위해 울지 말아요.
진실로 나는 당신을 저버리지 않았습니다.
지금까지 힘든 나날 속에서도
이 미칠 것만 같은 삶 속에서도
난 당신과의 약속을 지켜왔어요.
그러니 나에게서 멀리 떠나지 말아요."

– 〈Don't cry for me, Argentina〉

엘 칼라파테

- 바람을 보다

📍 파타고니아

광활한 대지. 생기를 가득 품은 바람. 압도하는 대자연 속에 작은 몸 하나 세워 놓고 모든 치유와 회복을 경험할 수 있는 곳. 그곳은 나에게 '파타고니아'였다. 답답한 현실이 기억나지 않을 정도로 가슴을 시원하게 뚫어주는 풍경과 바람이 있는 곳이다.

아르헨티나에서 칠레의 남부까지 약 90만㎢의 광활한 벌판을 '파타고니아'라고 부른다. 파타고니아는 지도에 정확히 표시되어 있지 않은 땅이다. 1520년 유럽인 최초로 이 땅을 밟은 마젤란과 선원들은 거대한 원주민들을 보고 '발이 크다'라는 의미로 그들을 파타곤Patagon이라 불렀다. 이렇게 파타고니아Patagonia라는 지명이 유래했다. 평균 키가 155㎝였던 스페인 사람에 비해 원주민 테우엘체 족의 평균 신장은 180㎝이었다. 추운 날씨에 두꺼운 털가죽으로 된 옷과 신발을 걸치고 있어서 그들의 눈에는 거인처럼 보였을 테다.

이곳은 코난 도일의 『잃어버린 땅』의 배경이다. 셰익스피어의 마지막 작품 『템페스트』에 영감을 제공했고 조나단 스위프트의 『걸리버 여행기』에 나오는 거인이 거주하는 땅이다. 『종의 기원』 이전에 『비글호 항해기』의 저자이며 여행가로서의 찰스 다윈에게 호기심을 자극한 땅이기도 했으며 생텍쥐페리의 『야간비행』의 무대가 된 곳이기도 하다.

뿐만 아니라 유명하고 역사적인 여행기의 주인공이 된 곳이다. 1961년 이곳의 기억을 담은 톰 존스의 『파타고니아 파노라마』부터 파타고니아를 여행한 영국인 브루스 채트윈이 1977년 발표한 『파타고니아』는 유럽의 여행자들에게 파타고니아의 매력을 알렸다. 1979년, 미국인 저널리스트 폴 서루는 보스턴에서 파타고니아까지 기차를 타고 여행한 후 『더 올드 파타고니안 익스프레스』를 집필했다. 그리고 칠레의 작가 루이스 세풀베다가 쓴 『파타고니아 특급 열차』도 빼놓을 수 없다.

나는 위대한 여행기를 남긴 그들과는 달리 기차가 아닌 비행기를 타고 파타고니아 여행의 중심인 엘 칼라파테에 도착했다. 열차는 1992년에 멈췄다. 폐간된 열차를 지역 정부가 되살려 지금은 관광객들을 상대로 열차로 북부의 짧은 구간만을 운행하고 있다. 엘 칼라파테는 파타고니아 지역에서 자라는 검푸른 야생 베리의 이름이다. 이 열매를 먹은 이들은 파타고니아 땅으로 돌아오게 된다는 전설이 있어 여행자들은 엘 칼라피데를 맛보며 이곳에 다시 오기를 소원하곤 한다.

엘 칼라파테는 흔히 파타고니아를 여행하는 베이스캠프의 역할을 하지만 이곳의 대자연은 그냥 바라만 보고 있어도 좋다. 거센 바람이 불어 미친 듯이 흔들리는 들풀과 힘차게 찰랑이는 호수는 내가 보지 못했던 바람의 얼굴을 드러낸다. 호수에 도도하게 서 있던 홍학이 바람을 타고 높이 비상하고 매는 바람에 부딪혀 허공에 멈추곤 한다.

세상에 질서가 부여되기 전 태초의 모습을 한 이 평원은 자연에 새로운 질서를 부여하는 듯했다. 들풀과 들꽃이 흐드러지게 피어 있는 초원에서 높고 푸른 하늘과 넓고 푸른 호수를 마주하고 평원을 두르고 있는 설산을 향해 가슴을 펴고 불어오는 바람을 온몸으로 만끽하는 일은 시간과 마음의 질서마저 새롭게 만드는 듯했다.

나는 파타고니아를 여행하며 왜 이곳이 유명한 여행 작가의 무대가 된 곳인지를 여실히 깨달았다. 압도적인 대자연의 서사시를 담아내기에는 너무나도 난 부족했다. 표현할 수 없는, 표현하지 못하는 나의 초라함에 매일 일기를 쓰는 일마저 버거웠다. 많은 생각이 스치는데 언어로 담아지지 않는다. 그래도 내가 상심하지 않은 이유는 대자연이 나 같은 미물마저 품어주는 관대함을 온몸으로 느꼈기 때문이다.

파타고니아

- 느린 여행

페리토 모레노 빙하

페리토 모레노 빙하는 남극과 그린란드에 이어 세계에서 세 번째로 큰 빙하인 파타고니아 대륙 빙하에서 떨어져 나왔다. 총 길이 35km, 정면으로 보이는 길이 14km, 높이는 50~100m, 폭은 5km 정도로 거대한 빙하다. 보통 빙하는 2,500m의 고도에서 형성되는 데 반해 페리토 모레노 빙하는 1,500m에서 형성되는 온난빙하다. 저지대임에도 이곳에 빙하가 만들어질 수 있는 이유는 남극과 가까운 위도 때문이다. 태평양에서 불어오는 습윤한 공기는 안데스 산맥을 만나면서 엄청난 양의 비와 눈으로 변해 이곳에 정착한다. 이곳의 이름은 남부 파타고니아를 아르헨티나인 최초로 탐험한 '모레노'에서 그 이름이 유래했다.

이곳의 빙하는 아주 천천히 여행한다. 아르헨티노 호수를 향해 매년 100m~200m 정도 되는 거리를 움직인다. 아주 서둘러 전진해도 하루에 최대 2m 남짓이다. 겉으로는 멈춘 것 같이 보여도 느리지만 꾸준하게, 조용하지만 아주 맹렬히 그들만의 장구한 여행을 하고 있다. 나는 올해 약 2만km를 여행했다. 빙하보다 10만 배 이상 빠른 속도다. 그럼에도 내가 이 빙하에 압도되고 숙연해지는 이유는 여행도 삶도 속도가 중요한 게 아니기 때문이다. 이곳에서는 태양마저 느긋하다. 아주 천천히 동이 트고 다른 곳보다 휴식을 취하는 시각이 이르다.

"아침 일찍 일어나도 해는 뜨지 않는다."

– 아르헨티나 속담

빙하의 느림보 여행 마지막은 무너짐으로 완성된다. 웅장한 파열음과 함께 장엄히 무너져 내리는 빙하를 바라보면 탄식과 탄성의 중간 정도 되는 소리가 입에서 터져 나온다. 카메라의 셔터는 빨라진다. 그들이 이렇게 최후를 맞이하는 데 걸리는 시간은 400년 정도다. 내 앞에서 무너진 빙하는 400살이 된 빙하다. 무너지면서 생기는 엄청난 굉음과 물보라도 그의 시간 앞에선 숙연하다. 그렇게 천천히 도달한 여행의 마지막 지점에서 얼어붙은 냉소를 장엄하고 장대하게 쏟아낸다. 그렇게 숭고하고 웅장하게 이별 혹은 상실의 의식을 집행한다. 몇만 년 동안 항상 그래 왔으니.

이곳이 왜 아르헨티노 호수인지는 확실하지 않지만 내가 느끼기에 이곳은 아르헨티나 국기와 닮았다. 그래서 아르헨티노 호수인지도 모른다. 이곳에 도착하기 전에는 아르헨티나 국기 하면 아르헨티나 축구 대표팀을 응원하는 여성의 관능적인 하늘색 줄무늬 탱크탑이 생각났다. 하지만 이곳을 여행한 이후에 아르헨티나 국기를 마주칠 때면 모레노 빙하가 생각난다. 맑은 하늘의 색을 품은 빙하와 우윳빛 색을 띠는 호수 그리고 그곳을 밝게 비추는 태양.

빙하가 하늘색을 품은 이유는 모든 색은 반사시키고 오로지 청명한 하늘의 색을 담기 때문이다. 호수가 우윳빛을 띄는 연유는 빙하에서 녹아내린 다양한 물질들이 호수 속으로 가라앉지 않고 표면을 떠다니기 때문이다. 빙하는 하늘에 닿을 수 없는 여행을 하지만 하늘을 꿈꾸고 태양에 녹아내린 빙하는 물속으로 가라앉지 않고 호수 가장 위에서 힘겹게 중력을 이겨가며 넘실대는 자유로 하늘을 마주한다.

렝가 나무가 우거진 숲을 통과해 페리토 모레노 빙하의 입구에 도착하면 날카로운 이빨이 달린 크램폰을 차고 빙하 위로 올라가게 된다. 아주 청명한 빙하 위를 조심스럽게 거닐었다. 쾌청한 기분과는 다르게 발걸음은 답답해질 수밖에 없다. 맑지만 불안하다. 마치 순수가 그러하듯이. 갈라진 틈 사이로 투명한 물이 고이고 물이 흐른 곳에 길이 만들어진다.

그 길을 걷는 여정은 빙하의 얼음으로 만든 위스키 온 더 록Whisky On the Rocks으로 마무리된다. 만든 지 얼마 안 된 위스키에 긴 세월을 견딘 얼음조각이 들어간다. 짧은 기간 동안 여행하는 나는 긴 세월을 여행하는 빙하 위에 서 있다. 시간과 속도의 간극이 한 지점에서 만난다. 거대한 자연을 왜소한 여행자가 마주하는데 초라하거나 불쌍하게 느껴지지 않는다. 할 수 있는 거라곤 탄식을 쏟아내며 카메라 셔터를 누르는 일뿐이지만 묘한 기분, 그리고 표현하기 힘든 깨달음이 있다.

찰나의 여행자가 억겁의 여행자의 깊이와 무게를 어찌 감당할 수 있을까? 영원히 녹지 않을 추억과 깨달음을 지니고 가라는 듯 위스키에 몸을 담근 빙하는 내 가슴에 뜨겁게 흘러내렸다. 눈부시게 푸른 이 빙하의 파노라마는 그렇게 잊지 못할, 표현하지 못할 기억을 내게 선물했다.

엘 찰텐

엘 칼라파테에서 2시간이 걸려 도착한 엘 찰텐. 이곳을 찾은 이유는 파타고니아의 거대한 봉우리를 마주하기 위해서다. 날카롭게 솟은 최고봉 피츠로이3,405m와 세로 토레3,128m가 이곳의 주봉이다. 토레 에거Torre Egger, 푼타 에론Punta Herron, 세로 스탄아르트Cerro Stanhardt가 산맥을 이루고 있다.

파타고니아의 빙하 국립공원Parque Nacional Los Glaciares은 남쪽과 북쪽으로 나뉘는데 남쪽의 입구에는 페리토 모레노 빙하가 있는 엘 칼라파테, 북쪽의 입구에는 피츠로이 봉우리로 향하는 엘 찰텐이 있다.

피츠로이 봉우리의 공식이름은 '피츠로이'지만 원주민들은 '세로 찰텐'이라 부른다. 떼우엘체 족은 이 산을 '연기를 뿜는 산' 혹은 '불의 봉우리'라는 뜻의 '세로 찰텐'으로 불러왔다. 피츠로이는 영국의 해군 제독이자, 기상학자, 지질학자, 측량학자였다. 찰스 다윈이 참여한 비글호 항해 당시 함장이었다. 세로 토레는 3,000m에 불과하지만, 지구에서 가장 오르기 힘든 산 중에 하나다.

연기를 뿜는 산이라고 불리는 이유는 이곳의 변화무쌍한 날씨 때문이다. 험한 날씨 탓에 이곳은 안개와 구름으로 가려져 있다. 그래서 마치 연기를 내뿜는 듯한 모습을 하고 있다. 하지만 내가 온 날은 너무나도 날씨가 좋았다.

따뜻한 햇볕을 맞으며 빙하가 녹아 생긴 투명하고 영롱한 카프리 호수에서 탁 트인 시야로 피츠로이를 마주하고 섰다. 18km, 7시간 코스에 불과했지만, 라구나 데 로스 토레스 트레킹 코스에서 내가 받은 인상은 어찌 표현할 방법이 없다. 잊지 못할 장면 하나를 가슴에 새겼다면 여행에 이보다 더 큰 수확이 있을까?

위대한 자연 앞에 당당히 마주 서는 모험가가 있는 반면 산책하듯 가벼운 발걸음으로 걸어가는 방랑자도 있다. 어떤 모습이든 품어 주는 산에서 다양한 갈림길을 걸었다.

우수아이아

– 바람에 아픔을 실어 보내려

── 세상의 중심에서는 사랑을 외치고

세상의 끝에서는 슬픔을 묻는다

세상의 끝에 와 있다. 남위 55도, 세계의 도시 중 최남단에 위치한 우수아이아다. 'El Fin Del Mundo', 세상의 끝이라고 불리는 곳이다. 부에노스 아이레스에서 5시간을 날아와 이곳에 도착했다. 공항을 나오니 찬바람이 나를 맞이한다. 가슴을 얼게 할 정도로 차가웠지만 그래도 기분은 상쾌하다. 여행을 계획하면서 꼭 이곳에 오리라 다짐했었다.

왕가위 감독의 영화 〈해피 투게더〉에서 아휘양조위 분가 슬픔을 묻었던 곳이다. 서로 사랑하지만, 서로가 너무 달라 사랑이 주는 아픔과 고통을 견뎌야 했던 보영과 아휘. 삶의 벼랑 끝에 서 있는 사람들이 세상의 끝까지 떠밀려와 각자의 상처를 내어놓는 곳이다. 닿지 못하는 곳에 가려다 결국 세상의 끝에까지 오게 된 사람들. 내몰리기를 반복하다 결국엔 세상 끝에 다다른 사람들. 저마다의 삶의 무게를 내려놓는 곳. 그 무게가 어떻든 날려버릴 수 있다는 듯이 우수아이아에는 세찬 바람이 불곤 했다. 거센 바람이 바다를 휩쓴다. 때론 땅 위에 두 발을 지탱하는 것도 버겁다. 마치 인생의 모진 풍파를 겪고 있는 사람과 공감하기 위해 거세게 공명을 맞추는 듯 바람은 애도哀悼의 무도舞蹈를 추고 있었다. 혼란의 세상에서 흔들리지 않고 어떻게 살 수 있을까? 흔들리는 건 어쩌면 약함의 증거가 아니다. 버텨내고 있다는 강인한 모습이다.

이 여행이 끝날 때까지도 떨쳐 버리지 못한 상처가 남아 있다면 이곳에서 놓아 버리고 싶었다. 남극과 불과 1,000km밖에 떨어져 있지 않은 우수아이아의 세찬 바람은 내어놓아야 할 슬픔을 찾는 듯 내 가슴을 서늘하게 휘저었다. 그리고 누구도 잡아주지 않았던 공허한 나의 손을 힘차게 잡아주었다.

비글 해협은 1832년 찰스 다윈이 비글호를 타고 이 해협을 지나간 데서 붙은 이름이다. 가마우지와 바다사자를 만나고 거센 바람을 견디느라 적응된 키 작은 식물들이 푸르게 꾸며 놓은 섬에서 우수아이아의 풍경과 드높은 마샬 산군에 압도되다 보면 마침내 지구 최남단 등대에 도달하게 된다.

"나랑 지낸 날들을 후회해?"

– 영화 〈해피투게더〉 보영(장국영)이 아휘(양조위)에게 묻는 대사

그는 왜 눈물을 이 외로운 등대에 묻었을까? 모진 바람을 견디며 조용히 아휘를 생각한다. 그리고 내 삶을 되짚는다. 그리고 바람이 파헤쳐놓은 상처를 더듬는다. 등대는 자신을 향해 다가오는 사람에게 침묵으로 자신을 드러낸다. 어쩌면 누군가를 처음 만나는 그 조우의 순간부터 슬픔은 시작된다. 외부 세계와의 접촉 없이 6천 년을 이 땅에 살아온 야간족 혹은 야마나족처럼 말이다. 그들은 정복자를 만나고 모두 이 땅에서 사라질 수밖에 없었다. 무참히 깨져 버린 사랑도 마찬가지다. 돌이켜보면 처음부터 아파야만 했던 운명을 가진 사랑이 있다. 소설 『어린 왕자』에서처럼 누구에게 길들여진다는 것은 눈물을 흘릴 일이 생긴다는 것인지도 모른다. 동쪽에서는 대서양이 다가오고 서쪽으로는 태평양이 다가와 이 광활한 두 바다가 이 비좁은 비글 해협에서 만난다. 그 때문일까? 그들의 만남은 참 차갑고도 매섭다.

"네 목소리를 여기에 녹음해. 너의 슬픔을 땅 끝에 묻어줄게."

– 영화 〈해피 투게더〉의 장(장첸)의 대사

반면 소망하는 지점에 가닿지 못해 오는 슬픔도 있을 테다. 기대와 희망은 때론 우리에게 상처를 준다. 등대의 불빛이 애타게 부르지만 좀처럼 닿을 수 없어 멍하니 바라보는 눈빛도 참 아프고 슬프다. 우리는 삶의 한계에 부딪히며 장력張力을 이겨내고자 하지만 그 힘겨운 싸움은 외롭고 고달프다. 삶과 사랑이 주는 작용과 반작용의 법칙 속에서 우리는 평온한 듯 보인다 하더라도 어쩌면 안간힘을 다해 버텨내고 있는 중인지도 모른다.

괜찮다는 말 한마디 하지 못한 채. 마치 심연에 아픔과 슬픔 그리고

불편한 진실을 품은 채 겉으로는 평온하게 살아가는 바다처럼 말이다.

그래서 바다는 슬픔을 묻기 좋은 곳일지도 모른다. 시간의 흔적을 고스란히 담고 있는 육지와는 달리 바다는 물 위에 어떠한 흔적도 남기지 않는다. 어떤 자취도 바다는 드러내지 않는다. 깊은 슬픔을 가리는 흐린 미소조차 바다는 허락하지 않는다. 아주 가끔씩 묻어 놓은 추억을 꺼내 보기 위해, 잊으려 하지만 잊을 수 없는 기억을 찾으러 오기 위해 우리는 등대를 세우는 것인지도 모른다.

해피투게더의 원래 제목은 춘광사설春光乍洩이다. 뜻은 구름 사이로 잠시 비치는 햇살이다. 구름이 가려진 하늘의 작은 틈으로 새어 나온 햇살은 그 이면에 태양이 있다는 증거다. 옅고 얇은 희망은 보이지 않는 해피투게더를 믿게 하는 힘이다. 그렇게 간절히 그리고 간신히 삶을 버티고 있는지도 모르겠다.

나는 아담한 마을을 산책하고 바다를 바라보며 대부분의 시간을 보냈다. 가방 깊숙이 넣어 놓은 겨울 옷가지들을 꺼내며 내 마음 깊숙한 감정들을 헤집었다. 우수아이아는 티에라 델 푸에고에 속해 있다. '티에라 델 푸에고'는 '불의 땅'이라는 뜻이다. 마젤란이 이곳을 처음 찾았을 때 절벽 위에 원주민들이 피워 놓은 모닥불이 활활 타오르는 모습을 보고 붙인 이름이다. 불과 물, 그리고 바람의 땅에서 나는 떨쳐내지 못한 아픔을 태우고, 씻기고, 날려 보냈다. 그럼에도 떨쳐내지 못하는 게 아픔이고 슬픔일 테다.

엄밀히 말하자면, 우수아이아도 지구 최남단의 도시는 아니다. 최남단의 도시 우수아이아에서 더 최남단 도시로 가는 여행 상품을 팔고 있다. 우수아이아보다 더 남쪽에 인구 천명쯤 되는 칠레의 섬이 하나 있다. 이렇듯 우리는 끝이라고 믿고 있어도 가끔 끝이 아닐 때가 있다. 그래서 우리 인생은 때론 슬프고 때론 가혹하다.

떨칠 수 없어 가슴 깊숙이 묻어 놓은 아픔을 이제는 떨쳐내라고 바람이 매섭게 휘젓는다. 그래도 떨칠 수 없어 가슴에 사무친 아픔은 깊은 바다에 묻으라고 이 땅은 말한다. 심연의 바다처럼 아무렇지 않은 척, 고요하고 평온한 것처럼 살라고 말한다. 그렇게 버티고 참고 아프고 바라다가 너무 소중한 기억이 문득 찾아와 그리움을 긁어댈 때면 그 깊이 묻은 상처를 추억하라고, 그때 찾아오라고 등대를 심어 놓았다. 그 아픔과 이별처럼 그 차가움까지 간직하고 있는 땅. 끝나지 않을 아픔을 기억하고 기약하며 서성였다.

닿을 수 없는 이상향 그리고 순수한 슬픔

이과수 폭포

야간 버스를 타고 아르헨티나의 마지막 여행지인 이과수 폭포에 도착했다. 이과수 폭포는 가장 멋있는 국경의 모습을 하고 있다. 사실 세계 3대 폭포가 모두 국경에 위치하고 있다. 나이아가라 폭포는 미국과 캐나다. 빅토리아 폭포는 잠비아와 짐바브웨. 이과수 폭포는 아르헨티아와 브라질 사이에 자리잡고 있다. 사실 이과수 폭포는 아르헨티나와 브라질 그리고 파라과이에 걸쳐 있다. 이과수 폭포는 원래 파라과이의 영토였다. 1864년부터 6년간에 걸쳐 일어난 삼국동맹 전쟁에서 파라과이가 패하면서 폭포의 대부분을 잃었다.

지금 생각하면 선뜻 이해가 되지 않는다. 파라과이와 전쟁을 하기 위해 브라질과 아르헨티나 그리고 우루과이까지 연합을 해야 했을까? 하지만 당시 파라과이는 남미에서 가장 잘 나가는 국가 중 하나였다. 남미에서 외국의 힘에 의존하지 않고 독자적으로 공업화를 이룬 국가였다. 유럽과 미국이 자유무역을 주장하며 아르헨티나와 브라질을 비롯한 여러 남미 국가에서 경제를 주무르고 있을 때, 파라과이는 철저한 보호무역을 내세워 착실하게 경제 성장을 이루고 있었다. 이 전쟁의 명목상 원인은 파라과이 대통령 로페스의 정치적 야욕이지만, 실질적인 원인은 파라과이의 경제 성장을 견제하기 위한 영국의 사주였다.

파라과이가 이 전쟁에 패하면서 이과수 폭포를 포함해 영토 15만 6400㎢를 잃었다. 이는 한반도만 한 크기다. 영토의 상실보다 더 심각한 문제는 인명 피해였다. 전쟁으로 파라과이 남자 대부분이 죽었다. 전쟁 전, 파라과이 인구는 52만5000명이었으나 전쟁으로 인구의 약 60%가 사망하여 전쟁 후에는 고작 22만 명뿐이었다. 생존자 22만 명 중 남자는 2만8000명이었다. 남성인구는 여성인구의 10%에 불과했다. 게다가 이 중 대다수가 60세가 넘은 노인이거나 아동이었다.

내가 이과수 폭포에 도착하기 얼마 전 파라과이에 큰 홍수가 있었다. 그 여파로 물은 더욱 우렁차다. 물은 황토빛으로 거대한 양의 커피 같다. 작은 배를 타고 폭포 아래를 순회하는 보트 투어는 불어난 물살에 운영을 멈췄지만 아쉬운 마음은 없었다. 너비가 4.5km, 평균 낙차가 70m에 달하는 엄청난 크기의 275개 폭포 아래서 누구든 어린아이에 불과하다. 매년 여름 뉴스 화면에 등장하는 분수대에서 아이들이 노는 모습처럼 온몸이 젖는 것 따위 신경 쓰지 않고 대자연의 물 파편에 모두가 즐겁다.

어린아이와 같은 마음으로 폭포를 여행하다 보면 아이들이 종종 마주하는 양자 선택형 문제에 봉착한다. “브라질 쪽 이과수가 좋니? 아르헨티나 쪽 이과수가 좋니?” 이과수 폭포는 아르헨티나가 80%, 브라질이 20%를 차지하고 있다. 아르헨티나 편에서는 폭포에 좀 더 가까이 다가가서 볼 수 있고 이과수 폭포의 하이라이트인 악마의 목구멍을 바로 위에서 감상할 수 있다. 브라질 쪽에서는 폭포 전체를 조망할 수 있는 이점이 있다. 엄마, 아빠 중 한 명을 골라야 하는 문제와 같이 누가 더 좋다고 섣불리 이야기할 수 없다. 이 거대한 폭포는 서는 곳마다 다른 풍경을 자아내고 있는 덕분에 최대한 다양한 각도로 이과수 폭포를 바라보는 게 최선의 방법이다.

사람을 즐겁게 만드는 이 폭포에는 조금 슬픈 이야기가 전해 내려온다. 이과수는 과라니족 언어로는 '큰 물'을 뜻한다. 이 웅장하고 신비로운 폭포를 '큰 물'이라는 절제되고 순수한 단어로 표현한 이들의 전설에 따르면 숲의 신은 한 아름다운 여인을 흠모했고 이 여자와 결혼할 계획을 남몰래 품고 있었다. 하지만 여인은 그의 연인인 젊은 용사 '타로바'와 함께 카누를 타고 강을 건너 탈출하려 했다. 신은 질투와 분노에 휩싸여 강을 갈라버렸다. 이때 강물이 폭포가 되어 쏟아져 내리면서 여인은 아래로 떨어졌고, '타로바'는 나무로 변해 사라진 연인을 지금도 쓸쓸히 바라본다고 한다. 영화 〈해피투게더〉에서는 보영과 아휘가 함께 오고자 했지만 길을 잃어 함께 오지 못한 곳이다.

작은 기차를 타고 악마의 목구멍에 도착했다. 악마의 목구멍은 말발굽 모양을 하고 있으며 폭은 150m, 길이 700m, 높이는 아파트 20층 높이인 80m로 초당 60,000톤이 이곳에 쏟아진다. 악마의 목구멍에서 나오는 물보라 때문에 80m 아래를 바라볼 수는 없다. 10m 아래에서 하얀 물보라와 고성이 내뿜어져 나온다. 1분을 보면 근심이 사라지고 10분을 바라보면 폭포는 인생의 온갖 시름을 삼키고 30분을 바라보면 악마가 영혼을 앗아간다는 이야기가 있다.

그때 당신의 흐리멍덩한 눈동자를 마주쳤다. 거칠게 몰아치는 물파편 속에서 슬픈 눈으로 악마의 목구멍을 바라보던 당신을 보았다. 무례하게 어깨를 들이미는 여행자들 틈 속에서 치열하면서도 고요하게 폭포 아래를 응시하던 당신의 눈을 보았다. 기억 속에 어딘가를 뚫어지게 응시하느라, 깊은 폭포 속에서 당신의 깊숙한 슬픔을 마주하느라 당신의 눈은 멍해질 수밖에 없었을 테다. 소리를 지르고 숨을 넘어가게 할 웃음의 폭풍 가운데서 내가 그랬었으니깐. 내가 물보라를 조용히 바라보던 그 자리에 당신이 지금 있으니까.

나도 10분이 아닌 차라리 10일을 바라봐야 인생의 온갖 시름이 사라진다고 했으면 10일을 바라봤을 테다. 그러지 못하고 악마에게 영혼을 바치기 위해 30분을 쳐다봤다. 이 풍광을 오래 바라보면 뛰어들고 싶다는 충동이 든다고 하는데 그런 느낌이 희미하게 들었다. 1분을 바라봐도 근심이 사라지지 않아 10분을 바라보고 20분, 30분을 바라봐야 할 정도로 무거운 삶의 근심과 시름을 가진 자라면 죽음만이 끝낼 수 있는 유일한 방법일까? 역시 산다는 건 아프다는 의미일까? 악마에게 영혼을 팔아서라도 근심을 없애고자 하지만 결국 삶은 고통을 수반하고 근심은 호흡과 그 궤적을 같이 할 수밖에 없는 것일까?

악마의 목구멍으로 달려들어 떨어지는 물의 큰 환호성과 다급함이 왠지 모르게 이해가 된다. 근심과 시름으로 고통받는다면 그건 영혼이 온전히 자신의 것이라는 증거다. 영혼을 판 대가로 상심과 고민을 전가한다면 그건 진정한 삶이 될 수 없다. 악마는 큰 울림을 내며 초당 6만 톤의 물의 영혼을 빨아들이지만, 세상의 근심은 줄어드는 기미조차 없다. 우리는 이런 세상에 살고 있다고 생각하면 답답한 현실에서 벗어나 시원한 폭포로 뛰어들고픈 충동이 드는 건 당연한 일일지도 모른다.

잡다한 생각과 함께 영화 〈미션〉이 오묘하게 겹쳐진다. 스페인 정복자들은 원주민들을 무자비하게 탄압했지만, 그들에게 신의 사랑을 전파해야 했던 성직자들에게는 죄책감이 일기 시작했다. 당시 가톨릭은 세속화에 젖어 있었다. 이에 반발하며 종교개혁이 일어났고 가톨릭의 권위는 큰 타격을 입었다. 종교개혁에 반대하며 가톨릭 내부에서 쇄신운동을 펼친 성직자들은 예수회Jesuit였다. 혁명적인 개혁을 반대하고 점진적인 개선을 추구하는 예수회는 원주민들의 전도 방식에도 상당한 융통성을 가지고 있었다.

예수회 신부들은 원주민들에게 다가가기 위해 그들의 언어를 배웠고, 원주민 사회의 정치, 문화, 종교, 관습을 이해하려고 했다. 그들은 원주민들의 순수한 공동체 생활에서 원시 기독교 신앙인 초대 교회공산주의 성격을 지닌 공동생산, 공동분배의 가능성을 발견했다. 예수회 신부들은 잔인한 정복자들로부터 원주민들을 보호하는 자치구역을 만들었고, 많은 노예들이 이곳으로 탈출해왔다. 영화 〈미션〉의 산 미겔 보호구역의 경우 90%가 이런 원주민 보호구역이었다. 이 공동체는 약간의 개인 재산을 허용했지만, 기본적으로는 공동체적 생산양식을 경제적 기반으로 하고 있었다.

이런 선교사들의 활동은 정복자들의 반감을 불러왔고, 정복자들은 수시로 원주민보호구역을 공격했다. 실제로 예수회 신부들은 스페인

국왕의 승인 아래 무장을 허가받아 스페인 군대와 전쟁을 벌이기도 했다. 1750년 스페인과 포르투갈 사이의 영토를 교환하는 국경조약이 체결되고 스페인은 브라질로부터 라 플라타 강 북부의 산 사크라멘토 지역을 받는 대가로, 약 30만 명의 과라니 원주민들이 살고 있는 지역을 포르투갈에 넘겨주었다. 이로 인해 보호구역에 살고 있던 원주민들은 쫓겨나거나 다시 노예로 살아야 했다. 원주민들과 예수회 신부들은 두 차례1754년과 1756년에 걸친 포르투갈과 스페인 군대의 무력에 학살당한다. 그리고 얼마 후에 스페인에서 예수회 추방이 시작되었다. 영화 〈미션〉은 바로 이런 시대적 배경을 담고 있다.

가브리엘 신부는 과라니족 원주민들을 개종시키기 위해 원주민 지역으로 들어간다. 그에게 원주민들은 마음을 열기 시작한다. 이때 노예 사냥꾼인 로드리고 멘도자의 습격을 받아 과라니 원주민들이 납치당하고 살해당하는 사건이 발생한다. 다시 마을로 돌아온 로드리고는 사냥해온 과라니족 원주민을 노예로 팔아넘긴다.

곧이어 그는 동생과 자신의 연인이 밀애 관계라는 사실을 알게 되고, 그 배신감에 동생을 죽이게 된다. 로드리고는 죄책감을 못 이기고 예수회 수도원에서 죽으려고 한다. 가브리엘 신부는 로드리고를 설득하여 원주민 마을로 데려가게 된다. 과라니족 마을에서 그는 자신이 학대하고 노예로 사냥했던 원주민들에게 용서와 사랑을 받으며 자신의 죄를 뉘우치고 결국 예수회 신부의 일원이 된다.

노예상이었던 로드리고는 원주민들과 융화되어 훌륭한 신부로서의 새 삶을 살고자 하지만 스페인과 포르투갈 사이의 영토 교환 조약은 그가 사랑하는 원주민들을 다시 노예로 살아갈 것을 강요한다. 가브리엘 신부와 로드리고 신부는 각자 무저항과 저항을 택하며 다른 길로 갈라지만 그들의 목표는 같았다. 순수한 신의 사랑. 그리고 둘은 죽는다.

"빛이 어둠을 비춰도, 어둠이 이를 깨닫지 못하더라."

– 요한복음 1:5, 영화 〈미션〉 마지막 자막

이과수 폭포에 젖은 옷을 말리며 〈Nella Fantasia〉를 들었다. 이과수 폭포를 배경으로 한 영화 〈미션〉의 OST인 〈가브리엘의 오보에 Gabriel's Oboe〉에 이탈리아어 가사를 붙여 부른 노래이다. 도달하고픈 우리의 이상은 악마에게 영혼을 팔아야 할 만큼 닿기 힘들다. 너무나도 미약한 우리는 환상 속에서나마 이상향을 어렴풋이 볼 수 있다. 이 환상적인 풍경 앞에 순수하게 해맑아지는 것처럼 여행이 주는 환상의 감정을 잊지 말자고 목구멍으로 이 풍경을 담아냈다. 어쩌면 빛은 이미 가까이 와있지만 내가 느끼지 못하고 있었던 것인지도 모른다.

악인은 사람의 소유를 앗아가지만, 악마는 사람의 영혼을 앗아간다. 마음속의 순수를 지킨다는 것은 힘겹다. 그래서 살아있는 것은 아프다. 영화 〈미션〉에서 교황청에서 파견된 주교는 두 신부의 죽음을 이렇게 기록한다. "표면적으로는 신부 몇 명과 과라니족의 죽음으로 끝났습니다만, 죽은 것은 저 자신이고 저들은 영원히 살아남을 것입니다."

황지우 시인은 우리는 이 세상에 세 들어 살고 있으므로 고통은 월세 같은 것이라고 말했다. 모진 아픔을 감내하고서라도 자신의 이상을 향해 나아가는 것은 순수한 자들의 숙명이다. 고통이 오면 충실히 월세 내고 있다고 생각하면 될 일이었다. 추악한 기쁨을 누리기보다는 순수한 아픔을 감수하자고 지키지도 못할 다짐을 하며 젖은 마음도 말렸다.

Nella fantasia io vedo un mondo giusto,Li tutti vivono in pace e in onestà.Io sogno d'anime che sono sempre libere,Come le nuvole che volano,Pien' d'umanità in fondo all'anima.

Nella fantasia io vedo un mondo chiaro,Li anche la notte è meno oscura.Io sogno d'anime che sono sempre libere,Come le nuvole che volano.

Nella fantasia esiste un vento caldo,Che soffia sulle città, come amico.Io sogno d'anime che sono sempre libere,Come le nuvole che volano,Pien' d'umanità in fondo all'anima.

나의 환상 속에서 난 바른 세상을 봅니다. 그곳에선 누구나 평화롭고 정직하게 살아갑니다. 난 영혼이 늘 자유롭기를 꿈꿉니다. 저기 떠다니는 구름처럼 영혼 깊이 인간애 가득한 그곳.

나의 환상 속에서 난 밝은 세상을 봅니다. 그곳은 밤에도 어둡지 않습니다. 난 영혼이 늘 자유롭기를 꿈꿉니다. 저기 떠다니는 구름처럼.

나의 환상 속에서 따뜻한 바람이 붑니다. 그 바람은 친구처럼 도시로 불어옵니다. 난 영혼이 늘 자유롭기를 꿈꿉니다. 저기 떠다니는 구름처럼 영혼 깊이 인간애 가득한 그곳

– 〈넬라 판타지아〉 가사

1월에 만난 1월의 강

리우데자네이루

1502년 1월, 브라질에 도착한 포르투갈인들은 이 지역을 강으로 오해하고 '1월의 강'이라는 뜻의 리우데자네이루Rio de Janeiro라고 이름을 붙였다. 오해였다 하더라도 1월의 강인 리우데자네이루에 1월에 왔다는 자체만으로도 의미가 있었다. 비록 수만 명이 운집한 삼바드로모에서 열리는 지상 최대의 삼바축제 리우 카니발 직전이었고 2014년 월드컵과 2016년 올림픽을 사이에 둔 시간이었지만 브라질의 리우데자네이루는 도시 자체만으로도 다채롭고 후끈했다. 월드컵과 올림픽의 열기를 뺀다 하더라도 리우데자네이루에는 남미 특유의 뜨거움이 가득했다. 해변의 미녀들, 곳곳에서 들려오는 보사노바와 삼바의 리듬, 광적인 축구 사랑으로 남자의 마음을 요동치게 한다. 큰 국제행사를 앞두고 막바지 공사가 한창이었고 경이로운 항구라는 뜻의 '포르투 마라빌랴'라고 불리는 항만 개선 사업도 막바지 작업 중이라 도시 자체도 분주했다.

지카 바이러스, 극심한 빈부 격차, 불안한 치안, 그리고 대통령 탄핵까지 오가는 정치 불안이 리우데자네이루를 위태롭게 흔들고 있었지만 이마저도 여인의 삼바 춤처럼 아슬아슬한 마력으로 느껴진다. 부활절 전에 예수의 수난과 죽음을 경건하게 묵상하는 기간인 사순절을 지구상에서 가장 흥겹게 보내는 브라질은 엉덩이를 들썩이게 하는 흥분과 열정이 가득하다.

리우의 도심 라파로 들어서니 로마 수도교와 닮은 라파 수도교 Lapa Arches가 보이기 시작한다. 라파 수도교는 로마의 수도교를 모델로 1850년에 지었다. 산타테레자의 물을 끌어오는 수도교로 쓰였지만, 지금은 물 대신 노란색 열차 봉징요 Bon Dinho가 다니고 있다. 지름 106m, 높이 75m의 원뿔형 피라미드 건물인 상세바스티앙 메트로폴리타나 대성당에 들어가 4면의 60m 높이의 스테인드글라스를 구경하고 라파 수도교의 수원지인 산타테레자로 향했다. 이곳에는 화려한 붉은 색을 자랑하는 셀라론의 계단Escadaria Selaron이 있다. 1990년 칠레 예술가 조지 셀라론은 허름한 계단에 타일을 붙이며 개성 넘치는 미술 작업을 시작했다. 이 소식을 들은 이들이 120개국에서 각 나라의 상징이 담긴 2,000장의 타일을 보내왔고, 그는 이 타일들을 이용해 215개의 계단을 아름답게 장식했다.

브라질의 음침한 지역에는 예술이 스며들어 분위기를 탈바꿈하는 모습을 곳곳에서 찾을 수 있다. 가장 대표적인 곳이 산타마르타 파벨라다. 파벨라favela는 '들꽃'이라는 뜻으로 브라질의 대규모 빈민촌을 지칭한다. 현재 리우에는 900개의 파벨라가 있다. 범죄가 끊이지 않는 무법 지대로 악명 높다. 대부분 파벨라는 외부인의 출입이 금지된다. 여전히 파벨라에 출입하려면 반드시 마을 주민 가이드와 동행해야 한다. 거대 범죄조직집단들의 본거지다. 정부와 경찰마저 이곳에는 손을 놓고 있고, 치외법권이 암묵적으로 용인되는 자치 형태로 마을이 운영된다. 하나의 일화를 소개하면 1996년 마이클 잭슨이 파벨라에서 뮤직비디오를 찍기 위해 시市에 허가 요청을 보냈다. 리우데자네이루시 당국은 "파벨라에는 정부가 따로 있다."라고 말하며 승인을 회피했다고 한다.

이 위험한 들꽃 마을 중 하나인 산타마르타에 희망의 들꽃이 피기 시작한 건 2005년이다. 네덜란드 예술가인 예로엔 쿨하스Jeroen Koolhaas와 드레 유한Dre Urhahn이 시작한 파벨라 페인팅 프로젝트는 이곳을 변화시켰다. 건물과 계단에 다양한 색을 입히고 그림을 그려 넣기 시작했다. 마약과 폭력을 일삼던 손에 예술과 노동이 들려지자 마을이 벽화로 변화하기 시작했다. 실업률과 범죄율이 눈에 띄게 낮아졌다. 가장 모범적인 파벨라로 손꼽히며 희망의 들꽃 씨앗을 다른 파벨라에 옮기고 있다.

꼽추라는 뜻을 가진 코르도바두 언덕 위에 올라가 있는 거대한 예수상, 리우데자네이루의 상징이자 新 세계 7대 불가사의 중 하나다. 공식 명칭은 '크리스토 헤덴토Cristo Redento', 구세주 예수그리스도라는 뜻이다. 해발 710m 언덕에 우뚝 서 있는 예수상은 높이가 38m, 무게는 1,145톤으로 1931년 포르투갈로부터 독립 100주년을 기념해 세웠다.

거대한 크기로 인해 카메라에 담기지 않는다. 누워야만 예수상을 온전히 담을 수 있다. 가장 높은 곳에 있는 사람도 가장 낮은 자세로 신을 맞이해야 한다. 이 예수상은 인간이 신을 대하는 바람직한 태도에 대해 우리에게 말해주고 있었다.

브라질 특유의 자유와 여유를 느낄 수 있는 코파카바나 해변을 따라 이파네마 해변까지 걸었다. 해변의 모습만 놓고 본다면 부산의 해변과 크게 다르지 않다고 말할 수 있다. 파라솔이 빼곡히 들어서 있고 다양한 물건을 파는 행상들이 수시로 사람들을 괴롭힌다. 그럼에도 이곳을 세계 최고의 해변으로 꼽는 이유는 매혹적인 자유로움이다. 거침없이 바다에 몸을 던지는 사람들과 높은 파도와 당당히 맞서는 서퍼들, 축구와 비치 발리볼에 여념이 없는 청년들. 아찔한 비키니로 매혹적인 몸매를 간신히 가린 채 일광욕을 즐기는 여성들, 주위의 시선을 신경 쓰지 않고 사랑을 나누는 중년 부부들까지. 브라질의 독특한 풍경을 자아내는 이들은 어설프게 해변에서 노는 낯선 여행자의 소지품을 지켜주는 여유와 배려까지 잊지 않았다.

코파카바나 남쪽의 이파네마는 보사노바의 고향이다. 유명한 보사노바 곡인 〈이파네마에서 온 소녀Garota de Ipanema, Girl from Ipanema〉가 이곳에서 만들어졌다. 안토니오 카를로스 조빔과 비니시우스 모라에스가 이파네마의 카페에 앉아 한 소녀를 보고 만든 노래로 보사노바 리듬을 탄생시킨 곡이다. 이파네마 해변의 소녀가 지닌 매혹적인 아름다움과 그에 대비되는 자신의 외로움을 표현하고 있다.

이 곡이 탄생한 카페에 조용히 앉아 가벼운 음식과 함께 브라질 거리 밴드의 흥겨운 음악을 감상했다. 흥겨움과 외로움이 대비되는 이곳이 리우의 대칭을 가장 잘 설명하는 곳이 아닐까 생각했다. 화려한 휴양지와 음험한 뒷골목이 맞닿아 있고, 국제올림픽위원회IOC 출범 122년 만에 처음으로 남미대륙에서 열리는 성대한 올림픽 이면에는 막대

한 부채가 자리 잡고 있다. 번창한 도시에는 거대한 빈곤이 꿈틀댄다.

'설탕 산'이라는 뜻의 팡지아수카르 산에 올라 세계 3대 미항 중 하나인 리우데자네이루의 전경을 감상하는 것으로 여행을 마무리했다. 남쪽의 코파카바나Copacabana와 이파네마Ipanema 해변이 보이고 멀리 코르도바두 위에 예수상이 보인다. 1912년 설치된 브라질 최초의 케이블카를 타고 내려가는 길 리우의 해변을 가리며 낮게 깔린 운해에 노을이 내려와 앉으니 참 몽환적이다. 긴 여행의 마지막이 주는 여운이 참 오묘하다. 100년이 넘는 세월 동안 단 한 번의 사고도 일어나지 않았다는 케이블카에서 구름에 덮인 리우를 바라보며 큰 사고 없이 여행한 행운에 감사했다. 달콤하면서도 쌉싸름한 풍경을 바라보며 리우와, 그리고 여행과의 작별을 맞이했다.

여행을 매듭지으며

나는 아팠다. 그간의 상처는 너무 깊게 패어 모든 생각과 기운이 그 흉터의 깊은 골짜기로만 흘렀다. 끄집어내야 할 건 나오지 않았고, 후빌수록 더욱 깊은 수렁으로 빠지곤 했다. 여행은 가파른 골짜기의 좁은 각도를 넓혀 주었으며, 내 골짜기 밖 인생을 보여주었다.

아는 것만 보고자 했지만 알지 못했던 생경한 세계가 눈 앞에 펼쳐질 때면 당황했고 분주했다. 때론 주저하다가도 평생 하지도 않을 짓에 무모하게 덤벼보기도 했다. 아는 것도 틀리기 일쑤였던 탓에 어리바리하고 허둥지둥했다. 여행하는 동안 죽을 고비를 여러 번 넘겼고, 말도 안 되는 확률에 여행의 모든 걸 걸어야 할 때도 있었다. 참으로 번잡했고 한가했으며 고요하고도 소란스러웠다.

> "젊은이들이 연기하는 것은 그들의 잘못이 아니다. 삶은, 아직 미완인 그들을, 그들이 다 만들어진 사람으로 행동하길 요구하는 완성된 세상 속에 턱 세워 놓는다."
>
> – 밀란 쿤데라

여행이 나에게 가르쳐준 것들

"인생의 전환점이라고 생각되는 순간을 맞는다면
그건 무언가를 얻었을 때가 아니라 잃었을 때일 것이다."

– 알베르 카뮈

나는 깨지는 걸 무척이나 두려워했지만, 항상 깨달음은 무언가 깨졌을 때 나타나곤 했다. 소설 〈데미안〉에서 영혼의 성장은 내면의 침잠을 통해 이루어지고 삶이란 결국 '껍질 깨기의 연속'이라고 했다. 무참히 깨져버린 내 삶 속에도 깨져야 할 무언가가 아직 무수히 남아있다고 여행은 나에게 가르쳤다. 그럴 때면 내면의 침잠 속에서 무조건 무언가를 깨달아야 한다는 도그마에 빠져 허우적대곤 했다. 그럴 때마다 여행은 괜찮다고, 아무렇지 않게 흘려보내도 된다고 말했다. 여행이 흐르는 대로 그냥 가보라고 나를 다독였다.

많은 것에 연연하느라 많은 것에 의연하지 못했다. 약 300일간의 썸머를 경험하며 나는 체온과 비슷한 날씨 속에서 더운 숨을 내쉬며 축축한 생각들을 쏟아냈다. 보잘것없던 나의 인생을 꾸준히 더듬었다.

가만히 들여다보면 내 인생은 게임이었다. 10대에는 참으로 부러운 사람이 많았다. 나의 롤모델은 대부분 글을 쓰는 사람이었다. 글솜씨가 아닌 세상을 바라보는 성숙한 시선과 통찰이 부러웠다. 게임을 시작할 때처럼 내가 원하는 캐릭터를 신중하게 골랐다.

20대 때는 상대와 맞설 필살기를 연마하기 위해 고군분투했다. 필살기 매뉴얼을 모르는 꼬마가 마구잡이로 버튼을 누르듯 세상에 나를 당당히 드러낼 필살기를 만들고 찾아내고자 꽤나 부지런했다. 자기 계발에 힘썼고 이것저것 닥치는 대로 도전했다. 무분별하고 무모하게 덤비면서 남들보다 앞서기 위해 노력했다.

30대가 되고 나서야 그게 아님을 깨달았다. 인생은 필살기로 내 가치를 만천하에 드러내는 능력이 필요한 게 아니었다. 인생의 필살기를 맞고서 다시 일어서는 법을 깨우쳐야 했다. 반복되는 좌절과 실망에도 무릎 꿇지 않고 무릎을 짚고 일어날 수 있는 내공이 필요했다.

> "어린 시절 우리는 어른이 되면 더 이상 나약하지 않을 거라 생각했다.
> 하지만 어른이 된다는 것은 나약함을 받아들이는 것이다.
> 살아 있다는 것은 나약하다는 뜻이다."
>
> – 매들린 랭글

세상이 바라는 바를 깨닫고 시대가 원하는 사람이 되고자 했다. 하지만 이제는 시대에 맞서 나의 세계를 지키는 일이 인생일지도 모른다는 생각을 어렴풋이 하게 된다. 때론 세상과 충돌하기도 하고 타협하기도 하면서 지켜야 할 내 삶과 가치관이 무엇인지 알아야 했다. 그러기 위해선 내가 더 단단해져야 했다. 상대와 주변 사람만을 바라봤던 눈을 내 자신에게 돌려야 했다.

나는 참으로 나에게 무심했다. 타인의 시선에 신경 쓰느라 내 자신에게 소홀했다. 알량한 자존심에 이끌려 나를 착취하고 채찍질해댔다. 내가 사라져도 눈 몇 번 깜빡하고 말아버릴 사람들에게 관심을 갖느라 내 자신이 원하는 것은 항상 뒷전일 수밖에 없었다.

그런 생활이 반복되다 보니 결국 내 자신이 바라는 게 무엇인지 잊어버리게 되었다. 세계관과 가치관이 결여된 무의미한 노력은 나의 발목을 잡았고, 나아가지 못하고 허공에 부지런히 몸부림만 치다가 삶이라는 무자비한 전차에 치여 몸과 마음을 다쳤다.

여행은 삶의 대단한 진리를 깨우쳐 주기보다는 인생의 한계를 어렴풋이 말해주곤 했다. 여행에서도 많은 한계를 마주했다. 목표한 지점이 눈앞에 있는데 다가갈 수 없었다. 많은 제약과 한계 앞에서 무기력했고 무모했다. 하지만 이내 깨닫곤 했다. 눈이 머무는 곳이 아닌 내가 발을 디딘 지금 이 지점에서 여행은 완성된다는 사실 말이다. 나의 온전한 지점에서 길은 시작되었고 내가 멈춘 지점에서 여행은 끝을 맺었다. 그리고 다른 길이 시작되었다. 그 길 위에서 내 본질이 드러났고 내 걸음을 통해 내가 원하는 바를 깨우칠 수 있었다.

어쩌면 자기 자신을 안다는 것은 자신의 한계를 인정하는 일이다. 한계를 받아들이는 것은 나약하고 무기력한 행동이 아니다.

영화 〈러브 미 이프 유 데어〉에서 어른이 된다는 건, 계기판은 210까지 있지만 60으로밖에 달릴 수 없는 것이라고 말한다. 두려움으로 가득 찬 머뭇거림이 아니라 내 세계를 지키기 위해 한계를 파악하고 핵심가치에 몰두하는 집중과 몰입의 전략이다. 자신을 알고 신뢰하는 사람이 진정한 겸손을 갖추게 된다. 한계 속에서 자신의 소명과 존재가치를 좀 더 분명히 깨닫게 된다. 그 흐릿한 불빛을 따라가다 보면 내 자신이 진정 원하는 게 무엇인지 다시 깨달을 수 있는 기회를 얻는다.

자기 발전을 포기하라는 뜻은 아니다. 같은 60km/h 속도로 달린다고 그 안정감이 모두 같지는 않다. 210이 한계인 사람과 70이 한계인 사람이 60에서 느끼는 안정감은 다르다.

조금이라도 젊었을 때 시속 210km까지 달릴 수 있도록 자신을 키운 사람이 60km/h 속도에 안정적이다. 독일의 자동차가 시속 200km에 최적화되어 생산되는 것과 마찬가지다. 혹시 나의 가치를 몰라줄까 조바심내고 자신을 과장하는 우를 범하지 않게 된다.

여행은 안락한 일상을 벗어나는 일탈이라 위험하다. 그 위험 속에 자신을 던져놓고 이리저리 부딪치다 보면 내 완고했던 생각과 온전한 생활에 금이 가기 시작한다. 그 미세한 틈 사이로 스며드는 낯선 무언가가 나를 바꾸는 동시에 진정한 내면을 바라보게 한다. 균열이 초래한 불안정 속에서 우리는 민감해진다. 그 예민함은 우리의 촉수를 자기 자신으로 향하게 하고 허물어지는 안락함을 벗어나 새로운 꿈을 바라보게 한다.

여행 가방을 정리하며 정리하지 못한 슬픔을 마주한다. 떨칠 수 없어 여행 가방에 담은 상처는 아직 그대로 나와 함께한다. 슬픔을 버리러 떠난 고려장 여정은 아니었기 때문에 실망하지 않는다. 좀 더 예민하게 나 자신을 바라보자고, 비록 부푼 꿈과 희망이 아닌 아픔과 고단함이라 할지라도, 나의 일부 모습이라면 인생길에 짊어져야 할 내 몫이라면, 좀 더 정확하고 자세히 바라보자고 다짐했다. 다시 한 번 나는 삶의 여정을 시작해보려 한다.

나의 상처가 깊은 만큼 다른 이의 상처도 그러했다. 오랜 아픔 끝에 찾아온 찰나의 행복이 너무나 소중하듯, 옆에 있는 사람의 행복도 그러할 것이다. 공감하는 아름다운 마음으로 다시 한 번 인생을 견뎌보자고 다짐하며 타국 땅의 먼지 묻은 손을 털었다.

외롭게 내 상처를 핥다가 무작정 떠난 여행은 내 인생을 송두리째 바꾸지는 못했다 하더라도 문장 안에 담아내지 못할 의미가 있었다. 시시한 인생을 살아내던 인생이 떠난 소소한 여행은 삶을 이어나갈 수 있는 심심한 동력이 되었다.

다양한 생生이 세상에 흩뿌려지고 저마다의 생은 각자의 역할을 감당하며 삶을 이어간다. 그러다 연聯을 맺게 되고 연은 생의 작고 큰 변화를 태동한다. 연의 흐름 속에서 생은 고귀해지기도 하고 위태로워지기도 한다. 보이고 만질 수 있는 가까운 연이, 때론 보이지 않는 연이 생을 흔들고 생이 연을 흔든다. 그렇게 연과 생은 서로를 이끌어가고 이끌려가면서 함께 나아간다. 이게 삶이고 여행이었다.

사 색 여 담

봄 · 여 름 · 가 을 · 겨 울